Tina Stroheker, 1948 in Ulm geboren, lebt in Eislingen/Fils. Freie Autorin, Herausgeberin, Initiatorin literarischer Projekte. Zahlreiche Stipendien und Preise. 2017 erhielt sie den Andreas-Gryphius-Preis. Mitglied u. a. im PEN-Zentrum Deutschland.

Mehr als zwanzig Jahre lang erschienen Tina Strohekers Arbeiten bei Klöpfer & Meyer. Neben ihrer Lyrik haben sowohl ihre Bücher über Polen als auch ihre mutigen *Notate vom Lieben* (2013 *Luftpost für eine Stelzengängerin*) große Zustimmung bekommen. Zuletzt erschien ihre hoch gelobte Sammlung *Inventarium. Späte Huldigungen.*

www.tina-stroheker.de

TINA STROHEKER

Hana
oder
Das böhmische Geschenk

Ein
Album

KRÖNEREDITIONKLÖPFER

Tina Stroheker
Hana oder Das böhmische Geschenk
Ein Album

1. Auflage
Stuttgart, Kröner 2021
ISBN: 978-3-520-75901-6

Für die großzügige Förderung des Buches danken wir dem Deutsch-Tschechischen Zukunftsfonds (Prag). Ebenso der Stauferstiftung der Kreissparkasse Göppingen, dem Adalbert Stifter Verein (München), dem Heimatkreis Hohenelbe (Marktoberdorf), der Stadt Baunatal, Ingrid Mainert (Karben) und Margret Kopp (Ulm).

Bildbearbeitung und Layout: Horst Alexy
Umschlaggestaltung: Denis Krnjaić

unter Verwendung eines Fotos von Hana Jüptnerová und Václav Havel.

Das Werk einschließlich aller seiner Teile ist urheberrechtlich geschützt. Jede Verwendung, die nicht ausdrücklich vom Urheberrechtsgesetz zugelassen ist, bedarf der vorherigen Zustimmung des Verlages. Das gilt insbesondere für Vervielfältigungen, Bearbeitungen, Übersetzungen, Mikroverfilmungen und die Einspeicherung und Verarbeitung in elektronischen Systemen.

©2021 Alfred Kröner Verlag Stuttgart · Alle Rechte vorbehalten · Printed in Germany
Gesamtherstellung: Friedrich Pustet Regensburg

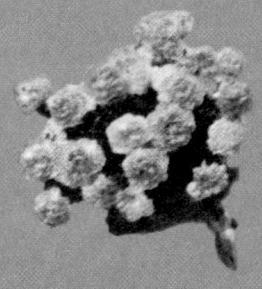

Was in der Erinnerung mit dieser Strahlkraft lebt?

WALTER HELMUT FRITZ

all ihre wunden möchtest du verbinden

JAN SKÁCEL

Im Oktober 2019 starb die Tschechin Hana Jüptnerová aus Vrchlabí (Hohenelbe), leidenschaftliche Mutter, Liebende, Christin, Lehrerin, Dissidentin und Brückenbauerin zwischen Tschechen und Deutschen. Sie wurde 67 Jahre alt. In den Tagen zwischen ihrem Tod und ihrer Beerdigung beschloß die Familie, in dem Saal, wo die Trauergemeinde nach Gottesdienst und Grablegung noch beisammen sein sollte, Fotos aus Hanas Leben zu zeigen. Ich wurde gebeten, aus den in einem großen Pappkarton aufbewahrten Bildern eine Auswahl zusammenzustellen. Zwei Tage sichtete und sortierte ich. Hana fotografierte auch selbst gern, hängte ihren Mails Bilder an; sie nannte das »einander die Augen borgen«. Nach ihrem Tod machte die Fülle der Fotografien die Unbewegtheit des einzelnen Bildes erträglicher und ihr reiches Leben noch einmal bewußt, nicht zuletzt mir, die nur die letzten vier Jahre dieses Lebens, oft aus der Ferne, begleitet hat. Einige Monate nach der Beerdigung begann ich, dies Album mit 67 Bildern und Texten anzulegen. Es ist natürlich *mein* Album geworden im Sinne eines Satzes von Lars Brandt: *Einzelne Menschen schreiben über einzelne Menschen.* So unterschiedlich wie die Fotografien sind auch meine Texte. Es ging mir (auch wenn ich alle verfügbaren Zeugnisse und Selbstzeugnisse verwendet habe) nicht um eine Biographie, sondern um ein poetisches Portrait.

Mädelchen

Mädelchen, wohin geht es? Noch ist alles da, die Eltern, der Bruder, das Holzhaus in Herlíkovice. Das Brillengestell erinnert die Betrachterin an das einer Intellektuellen. Was für ein süßes, gescheites Kind! Alles ist noch vorhanden; und die Berge, die bleiben sowieso, auch der springlebendige Fluß, der so tut, als würde er nie ein Strom. Nahe beim Elternhaus die Baracken, erst Außenlager von Groß-Rosen, nach dem Krieg Verwahrort für Deutsche vor dem Abtransport. »Eine Stadt mit verschwiegener Vergangenheit.« Überhaupt: viel zu viel Schweigen. Der absurde Brand, der die Siebzehnjährige zur Waisen machte, kam später. »Wie wieder anfangen zu leben?« Sie schuf sich eine neue Familie, kleine und große Leute sollten sich regen um sie herum. Eine Zeitlang ein Hund dazu. Ihnen galt ihre Sorge, doch das »Größere« vergaß sie nicht. Ach, Mädelchen, alles, was auf dich gewartet hat, ist nun vorbei.

Verwirrung

Ist es ein Beweis eigenen Altseins, wenn man das Alter Jüngerer nicht mehr richtig einschätzt? Meistens gibt man den Leuten zehn oder zwanzig Jahre weniger. Beim Betrachten früherer Fotos kann es umgekehrt sein, wir halten die Gezeigten für älter. Auf jeden Fall herrscht gelinde Verwirrung. Wer ist zum Beispiel diese junge Frau? Beinahe noch ein Mädchen, oder? Was für ein Bild! Woher rührt der Eindruck von Ruhe? Und den Heiligenschein, hat ihr den ein Berufsfotograf umgelegt? Aber der Blick, der kommt doch von ihr. Demut? Oder Schwermut? Müdigkeit? Sich-Abfinden (womit)? Sinnlichkeit vielmehr? Einfach nur eine Pose? Oder eine verschwiegene Mixtur aus allem? Was geht hinter dieser Stirn vor? Kann diese Frau ein Wässerchen trüben? So schöne Lippen. So glatte Haut. Solch Glanz im Haar. Und wie entstand das Bild? War da ein offizieller Fototermin? Mußte sie in ein Studio kommen? Sollte das Bild einem bestimmten Zweck dienen (für einen Ausweis)? Und es stiftet noch mehr Verwirrung: Hat die Abgelichtete, stilisiert zum verschwiegenen, stillen Gemälde, sich ihrer Betrachterin gegenüber nicht einmal als »echten Affektmenschen« bezeichnet? Sehen die so aus?! »Wenn ein Haushaltsgerät nicht funktioniert, entlade ich mich mit *mrcho jedna prašivá!* Du Luder!« Was also jetzt? *Mám chuť tě uškrtit.* Ich habe Lust, dir den Hals umzudrehen.

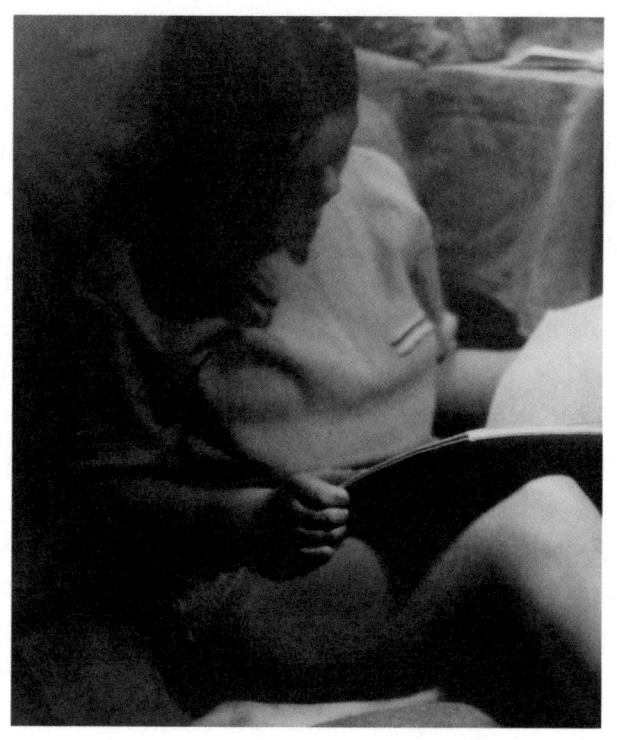

Ich in Černovice

»Ich in Černovice«, mit Bleistift auf der Fotorückseite vermerkt. (Ihr Ich, hier setzte sie es ein Mal an die erste Stelle.) Orte namens Černovice gibt es mehrere im Land; für die Studentin wurde Zuflucht das Haus des Gefährten im Brünner Stadtteil. Daheim hatte es keine Bücher gegeben, hier volle Regale. »In meiner Jugend war ich ständig auf der Suche nach Worten, die mir hätten helfen können.« Eine Enttäuschung dagegen die Brünner Universitätsbibliothek: viel zu vieles im Giftschrank. »Suche nach Worten«; wie die Mutter der in einen Band Tschechow versunkenen Tochter, mehrmals von ihr gerufen, diesen aus den Händen riß und in den Ofen warf, hat sie niemals vergessen. Später ein Bild aus der Galerie der nicht fotografierten: Die Lehrerin, die im Bus von Hrádeček heimfährt, im Rucksack Bücher aus Václav Havels Hausbibliothek. Es mußte schnell gelesen werden, die Nächsten warteten. Wie lange das her ist. Hält die junge Frau, (versunken) auf dem Bett sitzend, überhaupt ein Buch in der Hand oder eher eines der Hefte, die sie für Lese-Fundstücke brauchte? Bis zuletzt montierte Hana Zitate in ihre Post, geistige Haltegriffe bei unruhiger Fahrt.

Wohin läufst du?

Ist der Fotograf, nachdem er das Bild gemacht hat, noch eine Weile sitzen geblieben, um dem Menschenkind nachzuschauen, das von ihm weg ins Wasser lief? Was ging ihm durch den Kopf? Kannte er den Duft ihrer Haut? War er der Mann, Geliebter und Vater ein wenig, mit dem die Studentin ferne der *Baltischen See*, in Mähren, gelebt hat? Oder jener erste Deutsche, dem ihr Herz zufiel? Oder jemand ganz anderes? (Wieso automatisch die Vorstellung eines Mannes, den Fotoapparat in der Hand?) Lauter Fragen. Jahrzehnte danach kam das Bild jedenfalls als Geschenk zu mir, einer alten Frau, von der anzunehmen war, es gefalle ihr. »In den jungen Jahren«, Bleistiftnotiz auf der Rückseite. Was alles verbirgt sich in der Wehmut (*Wegmut* erschien auf dem Monitor, ein Verschreiber!), der Wehmut also, mit der das Alter Jugendbilder betrachtet, mit der diese Alte diese Junge sieht? Schon wieder eine Frage. Eine ganze Bildstrecke ist in jenem Sommer entstanden. Die Nacktbadestrände in der DDR, und wenn dann das Wetter stimmte. Und so sieht es doch aus! Wohin läufst du? Keine Antwort, wie auch.

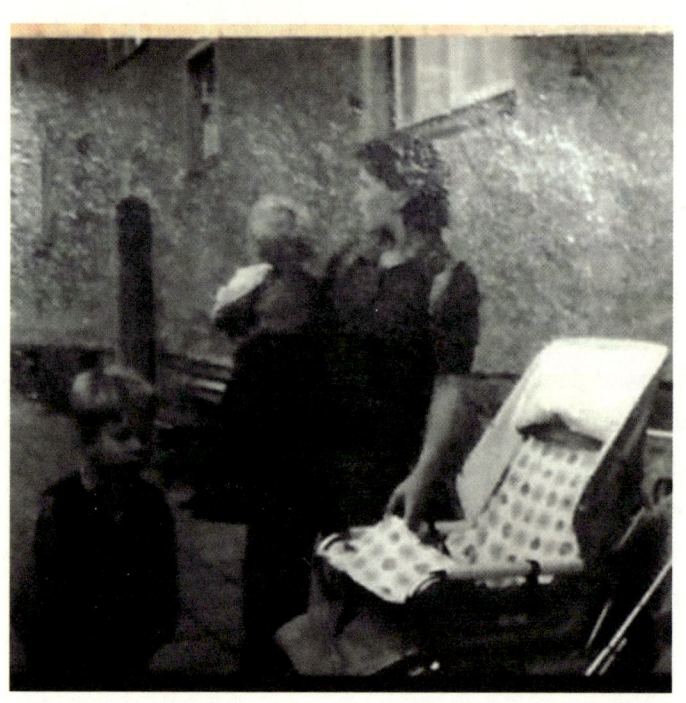

Gebunden

Gerade das Unvollkommene lädt zum Nachdenken ein. Etwa dies Foto, Stück aus einer Kollektion der Stereotype: junge Mutter in der kommunistischen Tschechoslowakei. Ein Bild, wie herausgefallen aus einem Traum, unscharf, voller angedeuteter Geschichten. Die Erinnerung, *ihre* Erinnerung, schüfe wohl eine genauere Zeichnung, Episoden über die Mühen der Alltage. Eine junge Frau, die die Schmerzflut einer großen Liebe kennt und der Staatssicherheit ein Begriff ist, vor ihrem Wohnhaus. »Ohne einen Anker« sei sie gewesen, »nur die Kinder haben mich gebunden.« Zwei Söhne, die sie nach kurzer Ehe alleine erzog. Die Betrachterin des Fotos lernte die beiden als erwachsene Männer kennen, mit eigenen Familien: ganz selbstverständlich die Erfüllung von Menschheitsgesetzen. In einem Traum, nach ihrem Tod, saß ich der Mutter gegenüber, sie war so alt, wie sie zuletzt gewesen war, auf ihrem Arm hielt sie den jüngeren Sohn als Baby. (War da nicht eine Wollstrampelhose, doch was für eine? Träumen wir schwarzweiß oder in Farbe?) Plötzlich begann das Bübchen zu sprechen, stellte auf Deutsch die Kinderfrage: *Was schenkst du mir?* Ich antwortete nicht, sagte nicht einmal *ich habe nichts*, sprang hinüber ins Wachsein.

Geschichten

Kommt, setzt euch zu mir! Ihr könnt aussuchen, was ihr hören wollt, aber ich hätte auch Ideen. Wieder einmal etwas vom *Kleinen Maulwurf*? Oder *Kater Mikesch*? Der Sommer ist vorbei, ich habe die warme Kleidung, eure Pullover und Latzhosen, vom Dachboden geholt, es ist eingeheizt, schön warm. Klar, die Tiere können bei uns sitzen! Noch eine Geschichte, dann gehen wir schlafen, morgen müssen wir wieder früh raus, Kindergarten und Schule warten. Und ihr werdet sogar noch zur *Tante* gehen. Wenn die Konferenz vorbei ist, hole ich euch ab. Aber jetzt ist erst einmal jetzt. Nein, heute lassen wir den Projektor im Schrank, den *Braven Räuber Fürchtenix* schauen wir uns später wieder mal an, heute lese ich euch vor. (Ich bin müde, eine furchtbar müde Mutter, die gern alles gut machen will. Und morgen wieder um fünf aufstehen muß, um den Unterricht vorzubereiten. Überlisten kann ich die beiden nicht, sie kennen die Geschichten auswendig, bei der kleinsten Kürzung protestieren sie. Eigentlich freut mich das ja; mit Vorlesen fängt das Lesen an.) Also, hört gut zu, und danach alle ins Bett!

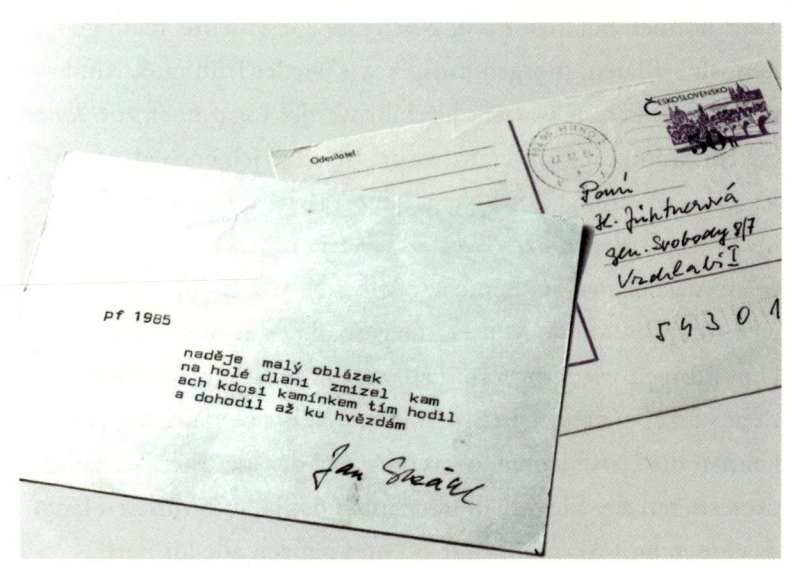

Hoffnung

Hoffnung kleiner Kiesel
in meiner bloßen Hand wohin verschwunden
ach jemand warf das Steinchen
und erreichte die Sterne

Neujahrsgruß eines Dichters aus Brünn an eine Lehrerin in Vrchlabí, die vielleicht schon darauf gewartet hat. Ist das ein passender Text *pour féliciter*? Was tun wir denn nun auf der schweren Erde? Haben wir das Steinchen, oder ist es futsch? Gut, daß die Elbe immer neuen Vorrat heranschafft! Wie vielen Leuten schickte Jan Skácel jährlich den Gruß? Und wieso einen an sie? Es war einmal eine junge Frau, die liebte Jan Skácels Gedichte. Publizieren konnte dieser seit 1968 nicht mehr, doch der Brünner Liebste kannte den Dichter, besaß *Samisdat*-Literatur. Wie schön, die Texte laut vorzulesen! Eines Tages setzte sie sich mit einer Freundin vor den Recorder, nacheinander sprachen sie ihre Lieblingsgedichte, dazwischen hielten sie ihn vor den Plattenspieler. Vom Poesie&Musik-Projekt hat sie erzählt, so könnte die Herstellung abgelaufen sein. Kurz danach ein Umschlag in Jan Skácels Briefkasten: die Kassette. Dann einer in ihrem: eine Einladung. Und ab da regelmäßig die Kärtchen, Freundschaftsgaben aus Mähren nach Böhmen. Jede Karte mußte Jan Skácel eigens gestalten, in die Maschine einspannen, tippen, herausziehen, von Hand den vertrauten eigenen Namen daruntersetzen, warten, bis der Schriftzug getrocknet war, auf die Rückseite die Adresse schreiben, eine Briefmarke befeuchten, aufkleben, in den Kasten werfen. Der Poststempel dieser Karte zeigt den 27. 12. 1984; drei Jahre zuvor hatte wieder ein Buch von ihm erscheinen können. *Hoffnung kleiner Kiesel.*

Laut sprechen

Das Schwarzweißfoto täuscht, es zeigt nicht, wie ein Farbvideo im Netz, das leuchtende Blattgrün und die luftigen Kleider. Und die Sonne: nur durch den Schatten. Zweitausend Menschen, auch von jenseits der Grenzen, auf dem Weg von der Kirche zum Friedhof. (Wie viele von der Staatssicherheit?) Es möge die Erde sich des geschundenen Körpers von Pavel Wonka erbarmen. Eine Gruppe Bläser begleitet sie, lädt ein zum Weinen. Das Video zoomt immer wieder den Dornenkranz auf dem Sarg heran, hineingeschlungen ein Taftband, die tschechischen Farben. An der Grabstelle sprechen nach dem Priester fünf, die unter Beobachtung stehen: Vlasta Chramostová, Schauspielerin in Prag, der Anwalt Stanislav Devátý, er verliest Sätze von Václav Havel, Václav Malý, der Priester, der sein Amt nicht ausüben darf, Josef Kurt Tomšík, Pavels Gefährte aus dem Gefängnis. Aus Vrchlabí ergreift die Lehrerin Hana das Wort. Ein Schwarzweißvideo dokumentiert die Szene, hüpfend, unscharf, fast unwirklich alles. »Die Rede habe ich in einer Nacht unter Weinen geschrieben.« Oh, wie aufmerksam wird ihr zugehört, man kennt sie in ihrem Städtchen. Sie weiß das, als sie den Toten anspricht: »Du warst nicht nur Tscheche, sondern auch Deutscher. Du warst zu unbequem, zu kompromißlos, zu gefährlich für die Mächtigen dieses Landes. Vor allem hier an der Peripherie. Als schwebe hier immer noch der Geist des Grenzlands, der Brutalität, der Rücksichtslosigkeit und des tausendfachen Unrechts.« Sie bringt ihre Rede zu Ende, »ich bemühte mich, laut zu sprechen«. Durch ihre

Angst geht sie hindurch. Das kennt sie, immer wieder ist das zu tun in ihrem abgedichteten, bedrängenden Land. Wo Heimat denn sei, fragt der Text der Nationalhymne, die zuletzt alle singen. Die Antwort ist nicht so einfach wie die des Liedes.

Heimlich

Heimliches Foto eines Schülers, steht unter dem Bild im Archiv des Internetportals *Nationales Gedächtnis*. Datiert ist es auf vor 1988; im Frühling 1988 hat sie das Gymnasium verlassen. Wieso *heimlich*? War Fotografieren während des Unterrichts verboten? Hat ein Schüler (Romantiker wählen diese Version), der in sie verliebt war, eines Tages den Apparat in die Mappe gepackt, um seine Lehrerin für sich einzufangen? Entstand das Bild in ihren letzten Tagen in Jilemnice, als sie nach ihrer Abschiedsrede für Pavel Wonka politisch vollends gekennzeichnet war? Diente im Klassenzimmer jemand heimlich der Staatssicherheit? Oder hat ein verschwiegener Bewunderer ihrer Tapferkeit hastig auf den Auslöser gedrückt? Die junge Deutsch- und Tschechisch-Lehrerin, fachlich bewundert, obgleich sie Tschechisch nicht mehr unterrichten durfte, das zu vertieften Gesprächen mit den Jugendlichen hätte einladen können, steht vor der Klasse, in einer Hand Kreide, in der anderen Schwamm oder Lappen. Ob sie eben ihren Paparazzo entdeckt hat? Ihr Blick macht das vorstellbar. Eine Grammatikstunde, auf der ramponierten Schiefertafel ist *er hatte, er hat ...* zu lesen. Grammatik, das war kein Selbstzweck für sie, immer ging es doch, im Sinne von Martin Buber, den sie als Ältere lesen würde, auch um die Sprache als Verbindung von *Ich und Du*. Davon wollte sie sich nicht abbringen lassen, dies ist der heimliche Inhalt des Bildes.

Die Wahl haben

Am 21. August 1968 stand sie mit ihrem ersten Freund am Straßenrand, polnische Jeeps fuhren vorbei, sie drehte ihnen den Rücken zu. Dabei wohnten die Soldaten, kaum älter als sie, vielleicht gleich hinter der hüben wie drüben geliebten Schneekoppe ... Ihrer Schulklasse schlug sie vor, Alexander Dubček eine Geburtstagskarte zu schicken, niemand wollte mitmachen. In den stickigen Siebziger Jahren, *Normalisierung* genannt, ihre erste Parlamentswahl: Mit schlotternden Knien in die Kabine (wer ging schon dorthin?), um statt des Wahlzettels ein leeres Blatt in den Umschlag zu legen; Hana war neunzehn. Zum Studium hinaus, in Brünn lebte sie mit einem Dissidenten. 1975 Václav Havels Offener Brief an Präsident Husák, »als öffne ein Fenster sich«. 1977 die *Charta 77* mit der maßvollen, dem Regime unerträglichen Forderung, Bürger- und Menschenrechte seien auch in der ČSSR einzuhalten, wie es die Regierung in der Schlußakte der Helsinki-Konferenz 1975 unterschrieben hatte. Ihr Name stand 1979 auf der Liste. »Es ging um meine persönliche Integrität« und »ich wollte mich solidarisieren«. Anschließend zur Zeit ihres Wochenbettes mit dem zweiten Sohn Verhöre der Staatssicherheit in ihrer Wohnung. Ihr Gymnasium bastelte ihr einen unguten Stundenplan: »Immer mußte ich um 7.04 mit dem Bus fahren, vorher den einen Sohn im Kindergarten, den anderen in der Krippe unterbringen, alles zu Fuß, im Winter mit dem Schlitten.«

Ganz allein war sie nicht: Im nahen Hrádeček gab ihr Václav Havel Bücher und Rat, sie kehrte zurück »wie nach einem reinigenden Bad«. Korrespondenz mit dem inhaftierten schwierigen, unglücklichen Pavel Wonka, im Mai 1988 ihre Totenrede. Kündigung in der Schule. Jobs in einer Süßwarenfabrik, einer Baufirma. Ihr Paß wurde eingezogen, die geliebte Ostsee und der deutsche Freundeskreis rückten in unerreichbare Ferne. Endlich November 1989. Etwas Neues kam. Sie bestand darauf: »Auch ein ganz gewöhnlicher Mensch hat die Wahl.«

Festtag

Auf immer ein Bild fürs Glück. Eine strahlende junge Frau,
ein strahlender Mann. Eine *Samtene Revolution*. Blumen.
Draußen auf dem Marktplatz warten Tausende.
»Es gab nur Freude.« Januar 1990 in Trutnov, wer spricht
in solchen Tagen von Kälte? Sie teilen etwas: die Hoffnung.
Sie wollen auf *Wahrheit und Liebe* setzen. Sie leuchten
wie Liebende, die Lehrerin, die wieder unterrichten möchte,
der neue Staatspräsident. Wer spürt jetzt Kälte?

Abenteuer

Gleiche Blickrichtung, hier sanft gerundete Wangen, dort Pausbäckchen: Pflegemutter und Töchterchen. Sie schauen zu den drei Kerzen auf der prachtvoll barocken Torte. Dritter Geburtstag des Mädchens, das seit einem halben Jahr in der Familie ist, alle sind feingemacht, auf dem Tisch die Sammeltassen. »Das große Abenteuer der Kinderpflege« hat angefangen. Schon einmal hatte sie einen Antrag gestellt, doch damals galt sie als »für die Erziehung im sozialistischen Sinne nicht geeignet«. So gesellte sich erst nach der Wende zu den zwei Söhnen die kleine Schwester. Ein paar Jahre später sollte ein Schwesternpaar dazukommen. »Ich habe es Gott überlassen, welches Kind er mir schicken würde«, es wurden zwei. Und ein Bub lebte noch im Heim, nach dem sie auch schaute, der Teil der Familie wurde. Die Wohnung war voll, lauter Menschenwesen, die Liebe brauchten. Eine ihrer »waghalsigen« Herzensentscheidungen. »Wir haben es überlebt, ich und auch meine drei Roma-Mädels.« (Ich höre ihr Lachen.) Schau, wie die Lichter strahlen!

Städtchen

Wie oft ist sie auf ihrem Rad durch die Hauptstraße gefahren? Vrchlabí ist ihr Städtchen geblieben. Hier sieht man die Gipfel des Riesengebirges, und wer hinaufwandert durch Wälder (im Wappen zwei Tannen) bis zum Fels, kann nach Polen hinab schauen. Das Stadtmarketing weist auf das Flüßchen hin und darauf, daß Vivaldi und Haydn für das Schloß-Ensemble der Grafenfamilie Morzin komponiert haben; wer mag, kann in ihrer Musik Elbewasser plätschern hören. Oft wird die Radlerin angehalten haben, man kennt einander, man kennt besonders sie, Lehrerin, Chartistin, Fürsprecherin der Sudetendeutschen, eine Frau, *die inspirierte*. An der Hauptstraße Gebäude aus den Zeiten von Hohenelbe, das 1533 vom Dorf zur Stadt wurde, dank des Erzabbaus (zwei Hämmer im Wappen), später der Textilindustrie wuchs. Ein Renaissance-Rathaus, barockisiert, mit der Touristeninformation, wo man Geld umtauschen, Oblaten und Ansichtskarten kaufen kann, Hotels (eins mit dem Namen des Grafen Gendorf, des einstigen Herrn über die Bergwerke), eine winzige Konditorei mit den feinsten Torten Nordböhmens, zwei Bioläden, das Schreibwarengeschäft, wo man ungestört stöbern möchte, das Lädchen mit folkloristischem Nippes, von dessen Frontseite aus Lautsprechern Lieder über die Straße schallen. Dahinter im Park Schloß, Augustinerkloster und der Friedhof, auf dem jetzt das Grab der Radlerin liegt. In Vrchlabí hat Hana versucht, *in der Wahrheit zu leben* und der Liebe die Treue zu halten, auch wenn sie sich oft sehr alleine gefühlt haben muß. Hat sie jemals erwogen, ganz nach Brünn umzuziehen oder nach Prag, träumte sie manchmal von fernen Städten, New York oder Rom, dachte sie an Emigration? »Niemals. Eine Auswanderung kann ich mir nicht vorstellen.«

Küchenchefin

Auf einem Foto der Fünfundvierzigjährigen sehe ich eine junge Frau. Die kurzen Haare braun, müde Augen. Ist der weiße Gegenstand im Vordergrund ein Freßnapf? Vielleicht wartet ja zwischen den Zimmern der Hund. Die beiden Söhne sind fast erwachsen, die Pflegetochter noch klein, Aufgaben, Sorgen gibt es genug. Vor dem Kühlschrank stehend blickt sie zur Seite: Wen sah sie dort? Gab es einen Mann, der gegen Abend kam (das Licht scheint eingeschaltet) und ein Geschenk mitbrachte? Ihre schöne Brust streichelte? Vielleicht das Foto gemacht hat? Staunen: Alles auf diesem Küchenfoto sieht aus wie zuletzt, über zwanzig Jahre später, als sie die Wohnung verließ, in die Klinik, ins Hospiz: *Kredenc* und Kühlschrank (ein Aufkleber: *Wir sind Partner: Vrchlabí – Baunatal*), am Fenster, aus dem sie Gästen unten vorm Haus den Schlüssel zuwarf, der Spitzenvorhang. Eine junge Frau, blaß, mit Ringen unter den Augen. »Wir leben nicht für uns allein.« Stimmt schon, trotzdem …

Kde domov můj?

Wo ist meine Heimat? ›*Kde domov můj?*‹, fragt die Hymne seit 1918 für die Menschen in Böhmen, eine rhetorische Frage, denn für das Lied ist die Antwort klar. *Wo ist meine Heimat?* Gibt es eine aktuellere Frage? Eine ältere? Ein Mann aus Železná Ruda, eine Frau aus der Gegend um Jičín bezogen ein Holzhaus im Tal bei Vrchlabí, in einer Siedlung in Herlíkovice für Neuankömmlinge in einem verordnet historischen Niemandsland. Etwas stimmte nicht, doch es war nicht faßbar. Etwas rieb sich im »leeren Sudetenland« mit dem Alltäglichen. *Vor den Deutschen, nach den Deutschen*, die geltende Zeitrechnung. Manchmal kam eine Dagebliebene, bot Eier an, die man ihr gerne abnahm. Die Deutschen, *Němci*. Auch Leere kann etwas Anwesendes sein. Ein Schatten, ein Schleier, den man nur sieht, wenn man ihn sehen will. Dabei existierte Handfestes, auch in den eigenen vier Wänden. Was sagte die Mutter dem Mädelchen, das sich »den Pelzkragen mit dem Fuchsmaul« umlegte, ihn »mit einem Knöpfchen« schloß? Aber vielleicht fragte das Kind gar nicht, dies lebenslang unvergessene Ding, das den Weg nach Deutschland nicht hatte antreten können, gehörte einfach der Mutter. *Němci*, mit Stöcken aus dem nahen Wald stocherten die Kinder in Erdhöhlen: Liegen da Knochen von Deutschen? Ein Schauder. Haben ihre Eltern sich mit den Jahren in Herlíkovice zu Hause gefühlt? Schließlich mußten sie doch, um ihrer selbst willen, den ihnen unbekannten Philosophen widerlegen, beweisen, es gibt *ein richtiges Leben im falschen*. Erst die Tochter machte sich mit ihren Fragen auf den Weg. Als sie wußte, »daß dort vorne im Haus eine Kneipe gewesen war und hier die Dorfschule«, daß Geschichten aus Hohenelbe erzählt werden konnten, daß einer aus Dresden, als Gast angereist, in dem Haus geboren worden war, in dem sie wohnte, erkannte sie, daß es auch ein Nachhauseweg geworden war. »Für mich schließt sich der Kreis erst jetzt.«

Königin

Viel wissen wir nicht. Wer hat fotografiert? »Ich in Berlin bei einem Workshop.« In welchem Rahmen fand dieser statt, worum ging es? Wer kürte die tschechische Teilnehmerin zur Königin einer besonderen Stunde? Band ihr einen leuchtenden Turban ums Haupt, der ans böhmische Meer erinnert, wenn es in seltenen Träumen Mittelmeer spielt? Die einen solchen Turban trägt (verwandt allen Kronen der Welt), wird eine andere. Die Haare fließen ihr über die Schultern, stolze Bemühung um Demut darf fahren dahin, alles könnte geschehen, auch die Liebe kommen. Aber das hatte noch Zeit. »Ich bin es nicht gewöhnt, ich bin die Liebe nicht gewöhnt.« Als sie dies schrieb, war sie ohne Kopfschmuck. Immer wieder quälte sie sich, machte es ihren lieben Leuten nicht leicht. Dabei war sie eine *Abenteurerin der Hingebung*, fest entschlossen. »Man kann nicht lieben und dabei geschützt sein. Das ist Unsinn.« Tränen fürchtete sie nicht, so stark war sie. Mit Ebbe und Flut kannte diese Böhmin sich aus, Bewohnerin zweier Ufer, die hier ihr Publikum huldvoll, ein wenig verlegen, anlächelt.

Fenster

Wer innen im Dunkel steht, möchte wissen, daß draußen im Hellen das Laub leuchtet, lindgrüne Blätter, es ist früh im Jahr. Dabei unbestritten Melancholie, ein Blick aus der Ruine der evangelischen Kirche in Bolkov. Neugier derer im Inneren auf das, was draußen ist, derer draußen, wie es hinter den Mauern aussieht. Das ist der Trick der Fenster, damit fesseln sie uns. Auf dem PC ihre Kollektion von Fenster-Bildern, fast immer der Blick hinaus. Diese Blicke sind überhaupt das beliebtere Motiv. Warum sich wehren gegen Symbolik? Hoffnung ist doch nicht unser schlechtestes Teil. *Alles beginnt mit der Sehnsucht,* sie zitierte Nelly Sachs. Vielleicht reißt ja sogar ein *Heiland den Himmel auf.* Es war ihr Geheimnis, wechselte wohl auch, wie stark sie sich dessen gewiß war. Blieben die Blicke. Hinaus. Oder tief nach innen.

Kleines Gartenstück

Kleiner Kosmos (zufällig? ein Habitat?), nicht mit Pinsel und Farbe erfaßt, sondern eines der Fotos, die sie ihren Mails mitgab: Bilder, »wenn alles schon benannt ist«. Vielleicht eine Ecke in ihrem Garten, in dem das alles wachsen konnte? Wacholder, eine Stechpalme, die Mini-Sonnen der Ringelblume, Pilze (Hallimasch oder ganz Harmloses? Wer verzehrt eigentlich, wer wird verzehrt?). Der Geruch feuchter Erde, etwas ebenso Einfaches wie Tröstliches. Dein Staunen, du mußt nichts machen, und alles erscheint. Sucht auf je eigene Weise das Licht, so wie du. Vielleicht hat es mit Gott zu tun, vielleicht. Wie schnell die Gewächse sich ausbreiten, nicht begrenzt werden wollen, Spuren verschwinden lassen. Der Zaun stört diese Wesen nicht, er versucht, der Betrachterin gar nicht aufzufallen, ein Papierstück (steht etwas darauf?) verrät ihn. Wäre dies Gartenstück lieber ein Plätzchen im Wald? Gut möglich. Wie auch immer, gib einen goldenen Rahmen darum, und du hast ein Stilleben, in feinster Manier.

In offizieller Mission

Großes Programm, 2015 eine Konferenz in Trutnov über Josef Mühlberger, dessen Unterschrift jetzt dort von der Hausecke seines einstigen Gymnasiums grüßt, dazu die Feder, romantisches Symbol für einen unromantischen Beruf. In Trautenau wurde der Sohn eines Deutschen und einer Tschechin geboren und ging zur Schule, seine zweite Lebenshälfte verbrachte er im württembergischen Eislingen, nicht freiwillig, doch er fühlte sich willkommen geheißen von Schiller, Hölderlin, Mörike und Hesse, eine *Vertreibung in ein Paradies*. Während der Konferenz wurde die Tafel enthüllt, auch von Mühlbergers nachgeborener Kollegin ein Grußwort des Eislinger Oberbürgermeisters verlesen, die Deutschlehrerin Hana dolmetschte. Wir kannten uns einen Tag, nach Vorträgen und Mittagessen waren wir unter dem Schirm zur Ecke *Horská-/Školní*-Straße gegangen und dort in offizieller Mission aufgetreten. Ansprachen, Fanfaren aus den Fenstern der Musikschule gegenüber, anschließend Sekt, wir waren die ganze Zeit schon ein wenig beschwipst.

Übersetzen

Die meiste Zeit war sie unsichtbar, verschwunden in ihrer Box, reine Stimme. (Vielleicht zwischendurch der eine oder andere Lacher?) Auf der Mühlberger-Konferenz dolmetschte sie in beide Richtungen, je nach Bedarf setzte die Fährfrau vom östlichen ans westliche, vom westlichen ans östliche Ufer über. Welche Sprache hat's eiliger, welche schlendert hinterher? Sie hatte Erfahrung damit; viele deutsch-tschechische Begegnungen wurden durch ihre Stimme erst möglich. Ein Studium von Tschechisch und Deutsch, Lehramt an Gymnasien. Ihre Tschechisch-Sommerkurse. In den letzten Jahren gönnte sie sich, Polnisch zu lernen. Für die Kinder (der Vater der Söhne ein Deutschstämmiger) war Deutsch nichts Fremdes. Sprachen zogen sie an (allen voran die »vertraute« deutsche), doch ihrer Skepsis blieb sie genauso treu: »Der vergebliche Eifer der Worte / und die Verstecke hinter ihnen.« (Liebe, ihr Schattengesicht Verzweiflung.) Auf der Liste ihrer Arbeiten Kirchentexte, Chroniken, Interviews mit Sudetendeutschen, das eine oder andere Gedicht, endlich erschöpfte sie sich an Peter Zimmerlings *Evangelischer Mystik*. Ihre letzte Übersetzung war die deutsche Version ihrer zweisprachigen Todesanzeige. *Das Leben ist eine fröhliche Teilhabe am Wunder des Seins* ist dort zu lesen, einer ihrer Lieblingssätze von Václav Havel.

New York

Ein Gespräch vor Wolkenkratzern. Ein Gespräch vor Wolkenkratzern hinter einer Glasfront. Die Sprechenden, sie gehören zu einer Gästegruppe, schweben selber in einem: großer Ausblick auf die Dächer und Zinnen von Manhattan – und alles in einer böhmischen Kellerkneipe. Der Pächter ist mächtig stolz auf seine NYC-Tapete. Wohlan, ein Gespräch vor Wolkenkratzern! Da geht es dann bald um das Leben, und schon kommen, provoziert durch eine Frage, die Dramen des Lebens zur Sprache, andeutungsweise. Spätestens jetzt sollte zwischendurch auch gelacht werden! Aber im Ernst: Wie läßt sich ein Bild von einer Unbekannten bekommen, wenn nur ein kurzer Abend zur Verfügung steht? Die eine der beiden gar noch auf den Zug muß? Die *chlebíčky* sind vom Buffet verschwunden, am Tisch herrscht Entspannung, erneut wird die Dolmetscherin gelobt, die Konferenz ist vorbei. Noch ein paar Stückchen Teegebäck und eine Birne für ihre Heimfahrt nach Vrchlabí, Welten entfernt von NYC. Austausch von Mailadressen, ein letztes *na shledanou*, Winken, und weg ist sie. Die Zurückbleibende wendet den anderen Gästen sich zu, halbherzig.

Blicke

Blick aus Hanas Wohnzimmerfenster an einem nebligen Oktobertag, das erste Foto aus Böhmen für die neue Briefpartnerin in Württemberg. Was vor dem Fenster lag, war dieser damals noch *terra incognita*. Sie wußte noch nicht, daß sich vor dem Haus ein südliches Blumengärtchen wohlfühlt. Daß aber erst hinter dem Gebäude bei den Gemüsegärten ein Tisch mit Bank zum Sitzen einlädt. Daß aus dem Fenster nach rechts geblickt auf der linken Straßenseite die Pension *Beruška*, *Maikäfer*, liegt, Unterkunft vieler ihrer Gäste. Daß nach ein paar Metern das Sträßchen vorne links zur Verbindungsstraße hinabführt, von Vrchlabí östlich nach Trutnov, westlich nach Jilemnice. Daß es jenseits dieser Straße *Kaufland* und manch anderes gibt, Richtung Stadtmitte rechts *Lidl*, links *Penny*. Hat schließlich alles seine Richtigkeit in der Marktwirtschaft! Daß noch weiter unten, zehn Minuten zu Fuß, der kleine Bahnhof wartet. Daß, wer dort aus Süddeutschland ankommt, bis zu zwölf Stunden Reise hinter sich hat. Daß zuverlässig die Gastgeberin wartet und die müde Gästin zum Haus ul. L. Svobody 816 führt, dessen Südfenster sich als Fotomotiv eignen. Daß nach sechsunddreißig Stufen, wenn die meist unverschlossene Wohnungstür geöffnet wird, eine Zeitmaschine die Eintretende in die Siebziger Jahre katapultiert: realsozialistische Möbel, ein Wohnzimmerteppich, den die Besitzerin von Anfang an besessen und bis zuletzt verteidigt hat; zahllose Füße & Füßchen, nackt, in Wollsocken oder Pantoffeln (im Flur eine Kollektion), haben ihn getreten. Daß vielleicht auf dem Herd *Kübelsauer* köchelt, die Riesengebirgssuppe. Einmal hat jemand die Wohnung *eine konstante Größe* genannt, eine zärtliche Fehleinschätzung; inzwischen ist auch sie Geschichte. Aber jetzt noch eine Frage: Wieso verschickt eine als erstes solch ein Foto? Spielte sie mit der Anziehungskraft des Halbverborgenen? Das sich nach Enthüllung sehnt, d. h. einen Besuch erfordert? Fragen, ach ja, Fragen mal wieder.

In die Hagebutten

»Ich fahre in die Hagebutten.« Das Radl der Fotografin ist abgestellt, jetzt heißt es nur noch pflücken. Eine leuchtende *Sammelfrucht*, in der sich winzige Nüßchen verstecken. Tee wird gemacht werden können, Marmelade und Mus. Und das Jahr hält vieles bereit, Preiselbeeren und Heidelbeeren, Brombeeren, Walderdbeeren und Himbeeren, fern jeder EU-Norm. Und Pilze! (All die leidenschaftlichen Suchtrupps!) Schon die Enkel bekamen Korb und Plastikdose in die Händchen gedrückt. Ein pures Geschenk, das darauf wartet, angenommen zu werden, wenn die Zeit dafür reif ist. Geschenk auch für die in der Ferne: Tüten voll getrockneter Früchte, Minze, Salbei, Kamille, manch Unbekanntem landeten bei einer Stubenhockerin in Deutschland, auch Blumenzwiebeln, ein Zukunftsversprechen. Immer wieder in Mails die Fotos: in die Beeren! Manchmal dazu: »Ich gehe nicht allein, Du kommst ein bißchen mit.« Zuweilen spricht die Empfängerin sich jetzt diese Sätze vor. Aber das Nichts ist mächtiger als Versuche mit Magie.

Einladung

Treten Sie ein, legen Sie Ihre
traurigkeit ab, hier
dürfen Sie schweigen

Nach Jahrzehnten beim Anblick dieses Fotos erinnert: Reiner Kunzes Gedicht *Einladung zu einer Tasse Jasmintee*. Was für Sätze in einem Land, das Optimismus und Bekenntnisse forderte! 1967 verfaßt, 1969 in der Bundesrepublik erschienen, zogen sie in Abschriften ihre *Sensiblen Wege* durch die DDR. Kunze hatte das Buch *dem tschechischen volk, dem slowakischen volk* gewidmet. Also auch ihr, die damals die Lyrik entdeckte. »Ich kannte fast alle Gedichtsammlungen aus der Stadtbibliothek. Stundenlang und unter Weinen las ich.« Vielleicht stand ja in den Regalen auch der Band *Smuténka/ Die kleine Trauer* von Jan Skácel? Sein deutscher Übersetzer: Reiner Kunze. Wege kreuzen sich, immer wieder, und etwas kann daraus entstehen. Ob sie das Gedicht des im nahen Erzgebirge geborenen Autors kennengelernt hat? (In ihrer Greifswalder Zeit?) Es hätte zu ihr gesprochen wie wenige. Sie war schließlich erfahren in Traurigkeit. (Daß sie Ekstase suchte, bestätigt dies nur.) Und das Schweigen hat sie nicht nur geachtet, es begleitete sie durchs Leben, als eigene Notwendigkeit, als Angebot für andere. Die Türe ist offen, *treten Sie ein*.

Erster Advent

Ein Gruß zum ersten Advent. Die Hoffnung kennt viele Umschreibungen. Wenn Hanas Gasherd einen Adventskranz spielt: Spiritualität und Pragmatismus. Aber die Helligkeit soll ja ins Alltägliche kommen, gerade dorthin. Das erste Licht (wieviele Flämmchen geben ihm Gestalt?), jetzt ist es angezündet. Und gleich wird es ein Süppchen erwärmen. Seele und Leib, das unzertrennliche Zwillingspaar, erwartungsvoll.

Was schenkst du mir?

Geschenke gehörten dazu. Und niemand wurde vergessen. Im ersten Weihnachtspäckchen aus Rübezahlland das traditionelle Einführungsset, jedes Stück separat verpackt. Ein *Becherovka*-Fläschchen wurde ausgewickelt. Oblaten wurden ausgewickelt (auf der Schachtel Berggeist & Schneekoppe). Ein hölzernes Salztöpfchen. Ein Spitzentaschentuch. Blumensamen. Getrocknete Holunderblüten. Tannenzweige. Ganz unten, leicht zu übersehen, ein Zettelchen, handgeschrieben:

– *Was schenkst du mir?*
– *Ich habe nichts.*
– *Ich schenke dir Korallen.*
  Und du, was schenkst du mir dann?
– *Ich schenke dir einen Faden. Nur einen Faden.*
  Einen dünnen Faden von Erinnerungen,
  ach, an die Korallen.

Dazu der Originaltext von Oldřich Mikulášek, eine Einladung, Tschechisch zu lernen? – zu spät, zu spät. Geschenke. Entdeckte sie mitten im Sommer etwas Passendes für jemanden Lieben, nahm sie es mit; Kinderski, secondhand, sind im August doch günstiger! Vorratshaltung gehörte sowieso immer dazu. (Ihr Dachboden, ein atmender Kosmos.) Geschenke? *Sie* ist doch das Geschenk gewesen.

Ode an den Schlaf

Eine Postkarte kam, *pour féliciter* lag sie im Kasten: »Wärme und ruhigen Schlaf« im ganzen kommenden Jahr! Ihre Mails, nachts getippt (vorher war keine Zeit, und sie mochte den Rückblick auf einen endenden Tag), schlossen häufig mit einer Aufforderung (an sich selbst, an das Gegenüber?): »Schnell ins Bett, eine Ode an den Schlaf singen!« Vielleicht kann nur eine ihn derart lieben, die lange Zeit zu wenig davon bekommen hat? (Die Kinder. Die lieben Anderen. Der Hund. Die Schule. In den erstickenden Jahren die Angst. Auf- und Abschwünge der Liebe.) Sie hatte gelernt, schnell ein- und durchzuschlafen, auch in unruhiger Umgebung. (Zur Not die Schlafmaske.) »Spi dobře, schlaf gut!« Der Schlaf war ein treuer Gefährte, der vor Unbill schützte. »Genieße den Schlaf!« Manchmal träumte sie von einem Winterschlaf. (Wobei Eisbären gar keinen machen.) Erst in den letzten Monaten wollte sich der Gefährte ihr verweigern, sie lernte die Palette der Schlaf- und Schmerzmittel kennen. Lebenslang war ihr auch die Sehnsucht nach *Schlafes Bruder* vertraut, nach dem »immer weniger und immer winziger werden, auf uns verzichten«. Die letzten fünf Tage schenkten die Ärzte ihr einen Schlaf, den sie als »Segen« erwartet hatte. Ihr ruhiges Gesicht. Die Wärme ihrer Wangen. In diesem Schlaf blieb sie sehr anwesend und war gleichzeitig sehr entfernt. *Wir sehen jetzt durch einen Spiegel in einem dunkeln Wort, dann aber von Angesicht zu Angesicht.*

Wildwasser

Warum sollte ein Fluß denn ausgenommen sein vom Wandel? Dient er doch gerade als Bild dafür: Seit Heraklits *Flußfragmenten* wird in Variationen immer wieder versichert, *wir steigen in denselben Fluß und nicht in denselben, wir sind es, und wir sind es nicht.* Dagegen gibt es wohl kein Widerwort. Beim ersten Besuch in Vrchlabí/Hohenelbe meine Verblüffung, daß dies Gebirgsflüßchen die Elbe sei. Da war nur das Bild eines Stromes in Dresden und Hamburg gewesen. Von der Gebirgs-Quelle, Rinnsale, ein Bächlein speisend, symbolisiert durch eine Art Brunnen, zum selbstbewußten Wasserfall hinunter ins Tal. (»Die Elbe rauschte mir in den Schlaf.«) Wenn im Mai die Elbtalsperre bei Spindlermühle abgelassen wird, wagen sich die Kanuten bei Herlíkovice in den Fluß und kämpfen sich zur Stadtmitte durch. Und ein anderes Bild, eine Jugendliche, die alles verloren hat. Wie in ein Wildwasser geworfen. Und daß sie es durch die Strudel geschafft hat. Ja, daß sie all die Jahre »immer wieder ins Wasser sprang, und dann gab es keine andere Wahl als zu schwimmen und zu schwimmen, dabei noch paar andere über Wasser zu halten, und keiner ist untergegangen!«

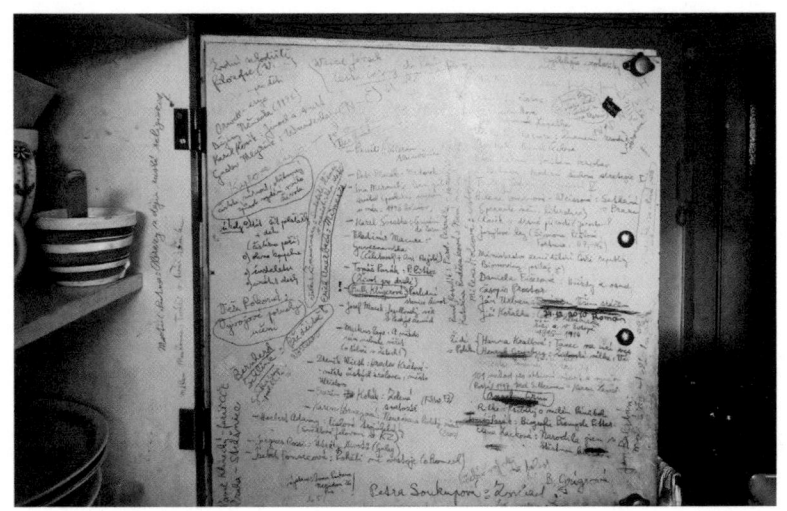

Kredenc

Der Küchenschrank, jahrzehntelang dienten die Innenseiten der oberen Türen ihr als Notizblock. Mit Bleistift vermerkt: »Bücher, die zu lesen wären«. Noch zu ahnen ist Hanas anfängliche Bemühung um ein System (tschechische und ausländische Autorinnen und Autoren in zweierlei Listen), bis irgendwann die Namen nicht nur europäisch, sondern weltweit durcheinanderpurzeln. Paßt schon, *Schriftsteller vermischen in ihren Büchern*, notierte in Brooklyn/NYC die Schriftstellerin Siri Hustvedt.
In eine nachträgliche (täuschende) Ordnung gebracht: Martin Buber, Erich Fromm, Bohumil Hrabal, Hanna Krall, Agota Kristof, Primo Levi, Bernard Malamud, Xavier Marias, Monika Maron, Libuše Moníková, Boris Pasternak, Rainer Maria Rilke, Romain Rolland, Joseph Roth, Tomas Tranströmer, Jan Trefulka, John Updike u.a. Als höbe, wenn man die Schranktüren öffnete, ein verhaltenes Stimmengewirr an; paßt schon. Dabei behauptete sie: »Ich bin kein Literaturmensch, lese nur, wenn ich krank bin oder eine längere Zugfahrt mache.« Sowieso, gleichzeitig intensiv leben und intensiv lesen, ginge das überhaupt? Und die Frage war doch: »Welche Lektüre brauche ich?« In einem der frühen Briefe bekannte sie einen »Leseehrgeiz: die Bibel lesen. Und ich tue es so wenig!« Gab es nicht oft noch Wichtigeres? Nicht nur einmal verwendete sie den Begriff *dienen* dafür und machte sich auf, jemanden zu besuchen, der auf sie wartete.

Licht

Über dem Kirchlein von Oberhackelsdorf steht das Licht: ein Bild für die Armenbibel. Bei der Betrachtung ihres Fotos stellen sich aber auch ihre Worte ein: »Es gibt einen Durst, der nicht zu stillen ist.« Und die Idee eines Fotos, das nicht existiert: Wie sie im Sessel beim Wohnzimmerfenster sitzt, in der Bibel lesend. Gott war ihre große Entdeckung. Oder war er eine Entscheidung? Vielleicht macht das gar keinen Unterschied. »Im Wald bei Herlíkovice steckt noch irgendwo in einer Felsenlücke ein Fläschchen mit einem Zettel, ich hab' da als junge Frau die Worte eines Lieds von Yvonne Přenosilová aufgeschrieben: *so leer, so leer, so leer.*« Es war Zeit für Gott. 1982 ließ sie sich taufen, wurde Mitglied der *Kirche der Böhmischen Brüder*, einer neuen Gemeinschaft, auch einer Minderheit. Durst nach Licht. Wie weit stillte ihn praktisches Tun, Kirche-Putzen, Presbyterdienst? Wohl eher wenig, aber es gehörte dazu, untrennbares Gewebe aus Innen und Außen. Zeitweilig quälte sie sich. Was war *Demut*, verfehlte sie, wer sich um sie bemühte? Und was war mit *Gericht und Gnade*? Etwas in ihr schien geneigt, auf ein strenges Urteil zu warten, vielleicht der Wundschmerz einer Überlebenden. Etwas in ihr fühlte sich ganz geborgen: »Wir müssen nicht auf uns selbst bauen, zum Glück.« Nach Licht suchen. »Um das Entzünden geht es ja vor allem!« Sogar eine winterliche Visite bei einem selbsternannten Propheten hat sie riskiert: Führte gar Zungenreden näher an das Geheimnis? Ihre Bereitschaft, sich ergreifen zu lassen vom »Größeren«, Tränen im Gottesdienst. (»Man kennt mich schon: das gerührte Bündel.«) Nach der Operation, es ging um das Abschiednehmen, ein Mal ihre Frage: »Bin ich denn jetzt mit Gott im Reinen?«

Am Abend, der ihr den letzten Schlaf schenken sollte, schienen alle Fragen beantwortet, sie lächelte, es wurde gesungen, gebetet, noch einmal Berührungen, sie erhob das Glas mit uns auf die bevorstehende Reise. Unser Grüppchen am Hospizbett, in dem sie lag, das Enkel-Strickmützchen auf dem dünnen Haar: auch ein Bild für die *biblia pauperum*, das es als jpg-Datei nicht gibt. Sein Titel (auf der Todesanzeige würde er zu lesen sein): *Siehe, das Reich Gottes ist mitten unter Euch.*

Trau dich!

Wie kam Hana an das Plakat in ihrem Wohnzimmer? Es läßt sich nicht mehr fragen; die Toten lassen sich nicht laden zum Interview, wir sind auf uns selbst verwiesen. Trau dich!, Mahnung und Ermutigung mit gezeichneten Figuren der Äsopschen Fabel. Fuchs und Gans, seine frustrierte Verwirrung, ihre kindliche Munterkeit. Doch der Furchterregende, feuerrot, brandgefährlich, hat eine Chance, sein Blick schließt Erkenntnis nicht aus. Messer und Gabel hat er jedenfalls umsonst aus der Schublade geholt. Trau dich! Und ihre eigene Geschichte? Wieso sprach sie so wenig über die schwierigen Zeiten? Fürchtete sie die Erinnerungen? (»Ich habe damals darüber nachgedacht, in die Psychiatrie zu gehen.«) Oder wollte sie sich ersparen, bei ihrem Gegenüber Unverständnis, gar Desinteresse wahrzunehmen? Ihre Maßstäbe waren streng. »Ich war doch nicht im Gefängnis, wurde nicht hart verfolgt.« Als ein Freund das Foto mit Václav Havel und ihr, liebevoll gerahmt, auf den Tisch im Klinikzimmer stellte, nickte sie und bedankte sich und ließ es nach seinem Gehen in den Schrank legen.

Bank

Vielleicht hat man die Bank extra für sie hingestellt. Vielleicht wohnen in Potštejn ja solch knitze Gesellen, wer weiß. Ein Fundstück für Zeichen-Sammlerinnen! Die Besucherin, frühlingsfroh, helmlos (wie stets), ist jedenfalls abgesprungen vom Rad, hat ein Foto gemacht. Niemand saß auf der zwiefachen Bank (sitzt jemals wer dort?). Ist sie ein Konstrukt für Gespräche, die eigentlich Monologe sind? Für Unterhaltungen verschämter Leute, die einander nicht anschauen möchten? Für Geständnisse, die sonst nicht gemacht werden? »Ich hab Dich doch gefunden – die Gleiche und die Andere.« Oder nimmt der Wind überm Hügelchen Ausgesprochenes gleich mit sich fort? Es empfiehlt sich, daß die beiden Sitzenden nahe zusammenrücken. Aber hilft das, wenn A gegen Morgen, B gegen Abend blickt? Wie wär's mit Berührungen? Und gelacht werden darf auch. Da steht die Radlerin, ich höre ihr Lachen, das alle geliebt haben, das der Wind längst weggeweht hat, ein Echo nur innen.

Zuhören

Bild einer Lehrerin. Fotos im Klassenzimmer müssen nicht mehr heimlich gemacht werden, und dieses schon gar nicht. Keines vom Alltag, sondern aus einem Workshop im Erzgebirge mit deutschen und tschechischen Jugendlichen, »das verbindende Thema: Sudetenland«. Bis zuletzt gab es etwas weiterzugeben, die Jungen empfindlich zu machen für die Freiheit und aufmerksam für das Einssein von Vergangenheit, Gegenwart und Zukunft. »Immer wieder Reflexion«, darauf kam es ihr an. Auch, wenn sie Deutsch unterrichtete oder ihre Erfahrungen als Chartistin mitteilte. Sie wußte, sie war »bereit zum Zuhören, zum Verstehen«, aber sie fand sich »zu still, zu wenig selbstbewußt, keine charismatische Lehrerin«. Glaubte sie sich das tatsächlich?

Beieinander

Klassisches Arrangement, eines der Gruppenbilder nach dem Traugottesdienst für die älteste Pflegetochter und ihren Mann. Alle beieinander vor dem Kirchlein in Oberhackelsdorf, die Mutter hat Grund zum Strahlen. Ja, alle strahlen sie um die Wette, die Redewendung paßt. (Daß einer im entscheidenden Moment die Augen geschlossen hat, gehört dazu, jemand muß auf solchen Fotos diese Rolle übernehmen.) Festliche Kleidung; fröhlich wies sie hinterher darauf hin: »Und ich in dem uralten Kleid vom Dachboden!« Was sie behütet wissen wollte (»Jede Mutter hat Angst. Auch ich«), ist versammelt unter der Sonne, in diesen Stunden fern von jedem Unglück der Körper und Herzen: die Kinder und ihre Familien, der frühere Mann, Vater der Söhne, die Familie des Bräutigams, Freundinnen und Freunde, die zuschauten, wie das Foto entstand. Tags darauf würde die Enkelin noch getauft werden. »Die Taufe ist ein Vertrag«, innig, verbindlich. Und die Ehe sollte das ebenso sein, daran hielt die Geschiedene fest. (Folglich auch am Grübeln über die Gemengelage von Idee und Wirklichkeit.) Die Traupredigt übersetzte sie ins Deutsche. So begann diese: *Wir leben in einer Zeit, in der die Ehe nicht* in *ist. Mit gewisser Übertreibung ließe sich sagen, daß wir ohne die Homosexuellen nicht wüßten, wie eine Hochzeit aussieht und was es bedeutet, sich danach zu sehnen.* (2016, auch die tschechische LGBTIQ-Community kämpfte um die Ehe für alle.) Und so schloß die Predigt: *Seien wir wahrhaftig in der Liebe, und leben wir zusammen für das, was uns überragt.*

Gras

»Gottes Arme sind aus Gras / und Blättern.« Und dort sitzt das Kind. Nur scheinbar ist es allein, eine Zeugin hat eben den Auslöser betätigt. Kurz zuvor muß jemand die Sense geschwungen, die Schneise ins hohe Gras gemäht haben. Ein Weg für Kinder? (Kein Meer, das sich teilt.) Fühlt sich der Enkel als Abenteurer? Oder baut sich in ihm schon ein flaues Gefühl auf, weil so gar niemand bei ihm ist? Vielleicht weiß er ja auch, daß die Großmutter mit dem Fotoapparat hinter ihm steht. »Gottes Arme sind aus Gras / und Blättern / da ruht es sich gut«, wird sie später in einem Gedicht schreiben. Und der Enkel auf seinem Platz, woran denkt der? Denkt ein kleiner Junge an etwas wie *Ruhe*? Doch eher an Zukunft, an etwas, das er gleich nachher tun möchte. Zukunft wächst unbeobachtet, wie Gras; erst wenn sich eine bestimmte Menge angesammelt hat, sieht man etwas, und dann ist sie schon Gegenwart. Fühlt sich der Junge als Herr der Berge, so weit droben, oder winzig, weit unten, so versteckt? Vielleicht schaut er einfach nur vor sich hin. (Ruht also doch irgendwie.) Hinter den Bäumen beginnt der Hang, der ins Tal nach Herlíkovice führt, wo die Großmutter in seinem Alter gelebt hat. Und wie riecht es hier eigentlich? Nach einem heißen Tag sieht es nicht aus. Aber so umgeben von Gräsern und Schafgarben? Niemand ist da, der Antworten geben könnte. Nur das Bild, dank der Bewegung seiner Fotografin entstanden.

Nichts Schönres

Hier am Ufer gibt's Licht und Schatten. Eine Frau fühlt sich geborgen am Steg. Stellt die Betrachterin des Bildes den Blick auf nah, fängt das Holz an zu duften. Seine Rauhheit liegt bloß, erinnert an Spreißel. Ungeschützt sind die Körper im Sommer; nur so ist Nähe zu Wasser & Erde & Luft zu haben. Vielleicht hört die Badende etwas knacken im Innern des Holzes, vielleicht lecken, kaum hörbar, Donauwellen an Land, vielleicht tschilpt ein erstaunlich kleiner Vogel, klopft der Schwimmerin nach einer Runde im Fluß das Herz. Wo die Haut in der Sonne ist, verdunsten die Tröpfchen sofort, und sie beginnt zu glühen, der Leib im Wasser wird ohne Bewegung schnell kühl. Nach einer Weile heißt es herauszusteigen. Sowieso warten das Fahrrad, die Fotografin. Vielleicht tuckert weit oben am Himmel ein Sportflugzeug, eine paradoxe Verstärkung der Ruhe, und wenn ein Schleppbanner an ihm befestigt wäre, stünde darauf: *Nichts Schönres unter der Sonne als unter der Sonne zu sein ...*

Leben an Grenzen

Eine, die selber an Grenzen lebt, daran arbeitet, daß Grenzen aus Köpfen verschwinden, und *das Gemeinsame hinter dem Trennenden* sucht, zu Gast in Josef Mühlbergers Hausbibliothek. Am Fuße des Berges Rosenstein, im Dorf Lautern, ist diese das Herz des *Schriftgutarchivs*. Dort blättert die Besucherin in seinen Büchern, ein herzerwärmender Anblick. Die ihr zuschaut, hat sich Jahrzehnte mit dem böhmischen Autor befaßt, unter anderem mit dem Kollegen Jiří Gruša Übersetzungen seiner Bücher ins Tschechische auf den Weg gebracht. (Als Botschafter in Wien hat Gruša seine letzte Kulturveranstaltung Josef Mühlberger gewidmet.) Endlich ist die tschechische Germanistin hier. Sie sitzt in dem Sessel aus Trautenau, sie ist tatsächlich da, endlich kann wieder gesprochen werden, von Angesicht zu Angesicht. Es ist Sommer, Körper und Geist sind offen, vorfreudig, freudig.

Auf Besuch

Rast an der Grenze von Licht und Schatten. Zwiefaches, gerahmt. Keineswegs formlos, vielmehr wirft über das Wasser sich ein Schattenriß, der zwei Spaziergängerinnen verrät, eine Besucherin, eine, die immer hier wohnt. Vorsicht, diese Stelle des Flusses täuscht, macht gar auf junge Elbe, und es sieht danach aus, als wären die beiden frei, in freier Natur. Doch auf allen Seiten wartet Eislingen, *downtown*, zeigt sich von seiner *sunnyside*. Dabei ist dies ein Fluß, der sich wegzuducken scheint, anwesend und nicht anwesend ist im Leben der Stadt, keine Uferpromenade, wenige Brücken. Aber Blicke hinab, *teče voda, teče, es fließt Wasser, es fließt*; in einer Bearbeitung des Volksliedes wechseln sich Schwermut und Tanzfreude ab, als dürfe Schwermut alleine nicht sein. Ein Band aus Rauschen weht von der anderen, der großen Brücke herüber. Wer sprach von einer Liebe, die »ein Zuhause namens Zwiespalt« sein müsse? Vielleicht ist solch Zuhause ja auf besondere Weise stabil, doppelt gelagert, nur wächst es langsam, ganz langsam, und wenn es fertig gebaut und begriffen ist, müssen sich die, die darin wohnen, schon wieder verabschieden.

Zusammenklang

»Meine Eltern dachten wohl gar nicht daran, daß ich ein Instrument spielen könnte.« Und so blieb's Jahrzehnte lang, kein Instrument für Hana. Auch war anderes wichtiger, die Zeit begrenzt. Eines Tages dann dies, ein gewaltiges Teil: in ihren späten Jahren beflügelt vom Flügelhorn! »Immer happy, wenn ich wo Schüler bin.« CONSONARE, ein junger Verein evangelischer Blechbläser-Gruppen, machte es möglich. Zusammenklingen, wie sollte sie das nicht locken? Proben in ihrer Kirche, zieht euch warm an, unbeirrt die Freude der Amateure. Wie's zusammenklang? Was für eine Frage!

Kalt

Es ist so kalt. Alle spüren es. Dabei liegt gar nicht viel Schnee. Es ist kalt, schau doch, wie der Fasan um das Haus herumlungert. Manchmal fällt ein Stückchen Brot aus einem Fenster, vielleicht besser als nichts? Vielleicht macht er aber auch nur einen »Besuch«, wie die Fotografin ihr Bild betitelt hat. Zu anderen Jahreszeiten wäre er jedenfalls nicht so nahe gekommen, denn dort, wo die Bank steht, da hinten, wären an einem Tisch, der jetzt fehlt, viel zu oft Leute gesessen, plaudernd und nicht zu knapp rauchend. Siehst du die Gartentörchen? Bis in den Herbst hinein wurden sie mehrmals am Tag aufgemacht, wegen der Ringelblumen und Tulpen, der Erdbeeren, wegen der kleinen Tomaten, der Zwiebeln, der Petersilie. Eines hat immer geseufzt, und wackelt nicht eine Klinke bedenklich? Doch das geht schon lange so. Es ist kalt, die Luft kennt keine Nachgiebigkeit. Und die Regentonnen sehen aus wie Eis auf einem Bergsee, eine Farbe, als habe sie jemand angestrichen, der schöne Anblicke liebt. Wenn das Fenster offen stünde, wäre etwas zu hören? Nicht unbedingt. Denn daß ein Fasan, Bewohner von Wald und Feld, auf dem Terrain eines Mietshauses seine Fasanensprache offenbart, eher nicht. Es ist einfach zu kalt, die Zeit der Rufe wird wieder der Frühling sein, die Monate von Sehnsucht und Lockung. Dann schauen wir uns Hanas Winterfotos an, und sie gewähren einen feinen Genuß.

Konstantin Biebl: Milenci

Až umřem, staneme se květinami.

Ve dne budeme lidem pro radost
a v noci budem sami.

Konstantin Biebl: Geliebte

Nach dem Tod werden wir zu Blumen.

Am Tag den Menschen zur Freude
und in der Nacht – allein.

Bis in die Fingerspitzen

Ihre großen Lieben. Selten sprach sie darüber. Gehörte aber die Bereitschaft zu lieben nicht zu ihr wie ihre Stimme, der Geruch ihrer Haut, die Form ihrer kräftigen Hände und klaren Lippen? *Die Liebe höret nimmer auf* hat sie auf ihren Sarg setzen lassen. Und die Lebens-Alltage, in denen sie wahrnahm und darauf bestand, »daß ich auch einen Körper habe, und in dem fließt Blut bis in die Fingerspitzen«? Sie konnte *in Liebe fallen* (Dank für das englische Idiom!), und sie ließ es zu. »Lieben und dabei geschützt sein«, nein, das erwartete sie nicht. Das war in sie eingebrannt. Kann ein anderer Körper Herberge bieten? Wie nahe darf man an einen Menschen heran, wie fern zu bleiben empfiehlt sich? Trennende Kilometer mußten kein Hindernis für die Liebe sein, ihre »Ebbe und Flut«. Ließ sich nicht auch ein Du lieben »irgendwo hinter dem Sonnenuntergang«? Was bedeutete dabei die Sprache? Sie notierte: »Mit jemandem ein Gespräch führen. / Je weiter die Entfernung, / desto intimer die Sprache.« Doch sie verwies auch auf Eva Olmerovás Chanson: *Du bist wie eine lange Brücke / die keine andere Seite hat.* Insgesamt schien sie eher mit dem Schlimmsten zu rechnen, als wäre Ruhe erst in der Erinnerung möglich. »Was jetzt so beschwerlich ist, werde ich einmal Glück nennen.« Und brachte die Liebe nicht im Gepäck Gedanken ans Sterben mit? *Nach dem Tod werden wir zu Blumen. // Am Tag den Menschen zur Freude / und in der Nacht – allein.* Die Zeilen von Konstantin Biebl, der sich aus Angst vor Verhaftung aus einem Fenster gestürzt hat, waren ihr teuer, Worte eines bittersüßen Traumes, die es in mehreren Fassungen gibt. Aber zu leben ist ja immer die Zeit vor dem Tod.

Begegnung

Gestalte das Unsichtbare, Thema einer sommerlichen tschechisch-deutschen Begegnungswoche der *Aktion Sühnezeichen* und der *Freunde von Hackelsdorf*, an denen sie mit vielfachen Aufgaben teilnahm. In diesem Jahr erwartete sie im Herbergszimmer ein kleiner Geselle. Unbekannter Herkunft, saß er dort, sichtbar, unübersehbar selbst vor dem dunklen Fensterrahmen. Ein dichtes Programm, Arbeiten mit Holz, Andachten, Wanderungen, ein Konzert mit hebräischen und jiddischen Liedern, ein Workshop zu deutscher und tschechischer Literatur über das Riesengebirge. »Eigentlich habe ich Sehnsucht nach stillem Wahrnehmen.« Was ist mit den Wörtern? Josef Mühlberger, einer der Workshop-Autoren, ahnte: *Was du am innigsten sehnst zu halten, / sehnt sich, aus deinem Blatt / fortzugehen dahin, woher es kam.* Und woher kam es? Und warum kann die Begegnung mit einem Plüschbärchen rühren? Ist es albern zu denken, das Tierchen vertrete das Schweigen? Da ist etwas anwesend, das ohne Wörter auskommt. Lebendig wird es durch unseren Blick, stilles Wahrnehmen.

Not here

Die Leute von der Grafittischreiberzunft sind schon dagewesen, ersparen der Reisenden den Kauf einer Ansichtskarte. Viel Zeit hat sie in diesen drei Tagen sowieso nicht, wieder einmal mit einem Bus Schülerinnen und Schülern aus Vrchlabí in Berlin. Und da steht doch schon alles, oder? Und das ganz ohne Scheu vor großen Worten. Zeile 1 noch recht pragmatisch, Zeile 2 schwingt sich zu beschwörenden Höhen empor. Ob das gutgeht? Wer's liest, tritt ein paar Schritte zurück. Und die Fotografin darf einfach die Position einer Touristin einnehmen, die die Sätze auf dem geduldigen Beton entdeckt hat. Auf den Auslöser gedrückt, und schon geht's weiter im Besuchsprogramm.

Ein Gruß vom Regen

Vergeblich suchst du nach Worten
Es regnet
Das reicht

Auch Tränen sind überflüssig
Es regnet
Das reicht

Hana Jüptnerová

Das Hemd

Das Hemd eines Frommen. Das Hemd eines Frommen, und eine ist unten im Klostergarten gestanden, hat es entdeckt und den Fotoapparat geholt. Ganz für sich, auf einem Kleiderbügel, das Hemd eines Frommen. Wie wohnt er? Wie klösterlich ist die Zelle hinter dem Fenster? Das Zimmer der Exerzitien-Teilnehmerin ist asketisch, bis auf einen schweren, weinroten Samtvorhang vor der Fensternische, der Kälte im Gemäuer der Abtei Želiv wegen. Aber jetzt ist Sommer, das Hemd hat kurze Ärmel, ein Hemd, wie es auf einer Safari getragen werden könnte. Das inständig gesuchte *Hemd des Zufriedenen*? Die Assoziation drängt sich auf, doch Klischees von Frömmigkeit gelten nicht. Auch Hanas Notate sprechen dagegen, Sätze aus Vorträgen von Karel Satoria, der im Kloster *eine Schule der Liebe* sieht, ein *Atelier mit vielen Instrumenten*, und vorschlägt, die eigene Umgebung zu einem Atelier zu machen. *Die Heiligen traten aus der Reihe durch ihr radikales Wollen*, hielt sie für sich fest. Und: *Spiritualität muß mutig sein, gegen falsche, buckelnde Demut.* (Satoria, Priester, Mönch, Dissident.) Ein Hemd, das in der Luft flattern darf, im Zimmer der ungeschützte Leib eines ihrer Ermutiger, der es am Abend hereinholen wird.

Leuchten

Schaukeln wir lieber auf dem stengel der augenblicke / trinken wind / und sehen zu wie uns die augen versinken, ein Vorschlag von Zbigniew Herbert. Großer Glanz einer Lilie vor einer Baude in den Bergen, ein Leuchten, als könnte die Blume auf besondere Weise das Sonnenlicht speichern. Schaukeln, schwingen im Augenblick und uns dabei zuschauen, kann das gehen? Eine Beschwörung des Jetzt, im Beisammen-Sein und im Aneinander-Denken? Nicht grübeln, besser wieder den Blick auf das triumphale Orange, diese Blume, richten, eines der weltlichen Wunder. Auch wenn wir ihr Wachstum nicht nacherzählen können, dürfen wir uns darüber freuen. Abschneiden ist verboten, obgleich die Wurzeln bereit sind, für Nachschub zu sorgen; nur: wann? Werden wir die neuen Blütenköpfe sehen? Genau diese Frage einmal nicht stellen! *Schaukeln wir lieber auf dem stengel der augenblicke.*

Himmel vom Krankenbett aus

Sind all die Krankheiten in all den Jahrzehnten als Training gedacht? Ein unermüdliches *Herr-lehre-uns-bedenken*? Doch beschäftigen uns fürs erste nur die aktuellen Symptome und Therapien. Das Fenster steht schließlich offen, es wird weitergehen, murmelt etwas in uns, ungeachtet des »üblichen Gefühls beim Kranksein: werde ich nochmal gesund?« Wann hat es angefangen, daß Hana sich alt fühlte und auch so bezeichnete? Vorsichtiger wurde, zaghafter vor Reisen, aufmerksamer, die Migräne, die Erkältungen, und schlug das Herz wirklich richtig? Ihre warmen Nachthemden, Wollsocken, notfalls ein Mützchen neben dem Bett, auch unterwegs. Das Foto entstand während einer Lungenentzündung, die sie daheim auskurierte. Ob der blaue Herbsttag warm gewesen ist? Auf jeden Fall strömte Luft, gute Luft ins Zimmer, so daß Außen und Innen zusammenfanden. Und dann platzten ja mitten ins Himmlische auch die Grüße der Welt, geschrieben mit weißem Strich, graziös und flüchtig. Die Schlappheit überwinden, zum Fotoapparat greifen, um ein Bild zu machen, etwas für die Erinnerung, auch Teilhabe-Angebot, Anhang zu einer Mail. Und schon obsiegt fröhlich der *élan vital*. Sie packte ihr Tagwerk wieder an, stieg aufs Fahrrad, schaute nach ihren Leuten, vergaß nicht den alten Mann im Heim, die Obdachlose. Training? Wie auch immer, wahrscheinlich hat es Dr. Benn auf den Punkt gebracht: *Überhaupt hat der Tod / mit Gesundheit und Krankheit nichts zu tun, / er bedient sich ihrer zu seinem Zwecke.* Auf dem häuslichen Krankenlager, zwei Jahre vor ihrem Tod, notierte sie etwas anderes: »Es kann sein, es kommt langsam das Ende.« Und noch früher hatte sie festgehalten: »Auch wenn es jetzt nichts mehr gäbe, war es viel.«

Süßer Besuch

Lustobjekte, aufgereiht, sorgsam beschriftet und angestrahlt wie eine wertvolle Sammlung. Irgendwo muß ein versteckter Lichtschalter sein, den die Konditoreichefin morgens umlegt, wenn sie das Frischgebackene auf den Platten verteilt. Die Auswahl ist eine Herausforderung. (Schon wieder einen Windbeutel, das kannst du doch nicht!) Also wandern die Augen von links nach rechts und prüfen Stockwerk für Stockwerk das Angebot, all die Stückchen, nahe und fern zugleich hinter dem blitzsauberen Glas. Ihre Vergänglichkeit steigert nur ihren Reiz. Die Einheimische, die der Besucherin das Geschäft gezeigt hat, besitzt keine Übung in Kaffeehausgängen, käme alleine gar nicht auf eine solche Idee. Nur zur Zeit der süßen Besuche setzt sie sich mit an manches Tischchen, auch in der winzigen Konditorei. Lustobjekte, ganz gewiß, deren Namen sich leicht lernen lassen, zum Beispiel *hořické trubicky*, Waffelrollen, *indiánek*, Indianer, *laskonky*, Meringen, *likérová* špička, Eierlikörspitze, *punčák*, Punschwürfel, *věneček*, Kränzchen, und, ja doch, versteht sich: *větrník*, Windbeutel.

Bänkchen

Setzen wir uns, wir sind weit gelaufen. Das Václav-Havel-Bänkchen kommt da gerade recht. Setzen wir uns, vertrauen wir uns eine Weile den Herzen an (rot), mit denen der Namenspatron seine Unterschrift (grün) ergänzt hat. Noch sind die Lindenblätter über dem Tisch grün, doch wir brauchen gar keinen Schatten. Zwei Wandertage durch Prag führten zum Grab von Jiří Gruša und in einen Secondhandladen namens *Heimweg*, wo wir den karierten Schal für dich fanden. Wir sind zum Bahnhof Bubny gegangen, von dem aus die Prager Juden in die Lager transportiert wurden. Haben in Libeň Bohumil Hrabal auf seiner Betonwand begrüßt. Sind im Kaffeehaus des Palais *Lucerna* gelandet, wo es die glamourösesten Windbeutel Tschechiens gibt. Im Archiv *Libri Prohibiti* zeigte uns Jiří Gruntorád Exemplare der Samisdatzeit. Was für ein Pausenplätzchen! Gemacht für *die Welt der Beziehung*, du hast Recht, sicher gefiele es Martin Buber. Wir könnten ein Vesper auspacken (gewiß hast du etwas im Rucksack!), aber wir können auch einfach nur eine Weile sitzenbleiben. Die zivilste Denkmal-Idee: beieinander sitzen und sprechen, gute Menschheitsgewohnheit, nicht immer einfach. Also, laß uns dasitzen, alle Fragen stellen, für die es einmal zu spät sein wird. Und zuhören. Ja, und zwischendurch schweigen.

Gute Reise!

Konečná stanice, prosím vystupte, Endstation, bitte aussteigen.
Wer sie besuche, lande am »Ende der Welt«, warnte sie
lachend. Nach zwölf Stunden Zugfahrt, zuletzt in einem
Triebwagen, blau wie der schönste Himmel, die steilen Tritte
hinunter, Ankunft in Riesengebirgsluft. Am Gleis stand
sie. Oft jedoch war sie vom vorletzten Umsteigebahnhof
aus bereits mitgefahren, die reisemüden Deutschen durften
sich entspannen. Bei unserer ersten gemeinsamen Zugfahrt
(von Chlumec nad Cidlinou nach Vrchlabí) hievte sie einen
gewaltigen Rucksack neben sich auf den Sitz. Nach wenigen
Minuten lagen Nähzeug und Stopfsachen auf dem Tischchen am Fenster, Zeit war schließlich wertvoll. Rasch wurden
Brote, Tomaten, Radieschen und Äpfel gereicht. Als reise sie
immer noch mit den Kindern zur Sommerfreizeit. Nie hat
sie ein Auto besessen, der Kapitalismus stürbe an Menschen
wie ihr. »Der Zug von Prag fährt tatsächlich um 16 Uhr 11,
komisch.« Bahnverbindungen als konstantes Korrespondenzthema; die Enkelin eines Bahnhofsvorstehers im Böhmerwald
recherchierte mit Eifer. »Ermäßigung für Senioren gibt es erst
ab 70.« So oder so, pünktlicher als die *Deutsche Bahn* fuhren
die Züge der Bahngesellschaft České *Dráhy* auf jeden Fall.

Preis

»Das Bild ist nicht ganz schlecht, vor allem habe ich da keine Ahnung vom Fotografiertwerden.« Aber schaut so eine drein, die vor kurzem ausgezeichnet wurde? »Ich habe selbstverständlich das Gefühl, daß ich den Preis keineswegs verdient habe. Ich bemühte mich nur, in einer schizophrenen Zeit selbst nicht schizophren zu sein.« Kurz nach der Verleihung im Prager *Lucerna* ein Filmabend des Vereins *Mensch in Not* in ihrer Stadt. Wem ist dort dieses Foto gelungen? Ihr Blick über die Schulter, die Mundwinkel skeptisch, eine Hand vor den Lippen, hochgezogen das Halstuch. Was wird eben gesagt? Spricht jemand vom Mut der Dissidentin, die sich selbst als »keine Kämpferin« einschätzte? In manchen Stunden ist die Erinnerung an einstige Demütigungen wohl besonders wach. *Es lohnt sich, Worten gegenüber mißtrauisch zu sein*, sie teilte Václav Havels Überzeugung. Die Erfahrungen aus den Jahren vor 1990 trug sie in sich. Umso stärker ihr Bedürfnis nach Stille. »Schweigezeiten« in der Korrespondenz, jedes Jahr mindestens eine Woche im Kloster. »Alles Unnütze weglassen«, ein Vorsatz. Und gleichzeitig nicht aufhören, daran zu erinnern: »In jedem Augenblick sind wir Teil der Geschichte, unserer Gesellschaft, mitverantwortlich.«

Ich muß mitmachen

»Ich muß mitmachen«, sie selbst betitelte das Foto mit solch koketter Klage. Dabei war diese Großmutter selten so in ihrem Leben wie beim Spiel mit den Enkeln. Eine gut trainierte *babička*, die auf Befehl zu Boden stürzte, liegen blieb, an sich zerren und ziehen ließ. Was geht zum Beispiel auf diesem Bild vor? Ist die Ältere ein Tier, das bekämpft werden muß, eine Spukgestalt oder einfach eine Größere, der von einem Kleinen gezeigt werden soll, wer stärker ist? Gelacht wird jedenfalls allerseits. Meistens war sie zu Spielen bereit, manchmal provozierte sie selber dazu, und vor allem ermüdete sie nicht so schnell wie viele Erwachsene. Ob sie eine einfache Großmutter war? (Für wen? Die Enkel oder deren Eltern?) Sie hatte ihre Vorstellungen von Erziehung, sorgte sich manchmal über eine Wahrnehmung an einem Kind, grübelte, wie sie mit den Eltern darüber sprechen könnte. Oft (zu oft?) war sie zu Hilfsdiensten bereit, holte die Kinder ab, kochte, lernte mit ihnen. Ihre »Enkelhefte« führte sie ausdauernd; vielleicht würden die Kinder darin später auch von Spielen lesen, an die sie lange nicht mehr gedacht hatten. Und was passiert jetzt eigentlich auf dem Bild?

Die Hefte

Lebenslang, trotz ihrer Skepsis den Wörtern gegenüber, führte sie ihre »Hefte«, stabile Kladden, oft mit vergilbtem Papier, realsozialistische Vorräte. Die Eintragungen zu ergänzen, verpflichtendes Alltagsgeschäft. Das Heft mit ihrer Geschichte, das »Tagebuch des Alterns«, vor allem aber die neun »Enkel-Hefte«, wo sie für jedes Kind in einer gut lesbaren Lehrerinnen-Handschrift gemeinsame Erlebnisse festhielt und ihre Gedanken mitgab. So ein Heft kann mit der ersten Ultraschallaufnahme beginnen, die zwei aufgeregte zukünftige Eltern der zukünftigen Großmutter zeigten. Noch die jüngste Enkelin, in die Welt gekommen ein paar Monate, bevor *sie* daraus fortging, wurde bedacht. Kaum war das Kindchen da, hieß es: »Wir müssen uns verabschieden, kleine spanische Prinzessin.« Auf dem Dachboden die frühen Tagebücher, begonnen nach dem Verlust der Familie durch den Brand des Elternhauses. Jahrzehnte später riskierte sie, eine Karfreitagsidee, einen Blick hinein. »Ich schaue nicht gern zurück.« Tagesnotizen, Traumprotokolle, Lektürefunde einer jungen Frau »ohne Hinterland«. Während der zwei Semester an der Greifswalder Universität lieh ihr eine Kommilitonin Bücher von Paul Celan. »Sie lagen im Tresor, wurden gegen Genehmigung und Ausweis ausgehändigt und mußten wieder zurückgegeben werden, ich hatte viel abzuschreiben.« Im Heft Hanas hastige Handschrift. *Gelobt seist du, Niemand. / Dir zulieb wollen / Wir blühn. / Dir / entgegen.*

Post

Die Ordner mit Mail-Ausdrucken, Postkarten, Briefen. Wieviele Blätter, wieviele Wörter? Zu Zeiten von *Covid-19* (ein Begriff, den sie nicht mehr kennengelernt hat), in denen Nähe und Ferne neu verhandelt werden, sitzt die Archivarin vor einem Riesen-Gebirge. Hat die böhmische Schreiberin die Wörter nicht manchmal herausfordernd »Leuchtkäfer« genannt? Dabei schrieb sie beinahe täglich. Und doch schien ihr ein Text vorzuschweben, *der sich keine Worte wünscht*, so der Dichter Karel Šebek aus Vrchlabí, der der Jüngeren einst »auf hauchdünnen Durchschlagpapieren« seine neuen Texte brachte. Aber was käme, wenn wir auf die Wörter verzichten würden? Was bedeuten erinnerte Klänge (ihre Stimme, ihr Lachen) oder ein Duft (frische Wäsche, die Hautcreme *Indulona*)? Wie auch immer, auf dem Tisch stehen die Ordner. Vor allem Mails in beide Richtungen, die Tagebuch wurden, Werbung, Bekenntnis, Streitgespräch. Immer wieder ihre »Suche nach einem modus vivendi« für die Korrespondenz. »Anfangs waren mir die Mails zu schnell, jetzt sind mir die Briefe zu langsam.« Sie schlug Pausen vor, Fastenzeiten. Gelegentlich schrieb sie zweifarbig, das Meiste schwarz, in Grün ließ sie Ängste, Schmerz, Groll oder Wut heraus, die sie dem »Punkt in der Ferne« zumutete. Ihr Deutsch war kraftvoll, anschaulich, ein schmackhaftes Brot, humorgesalzen. Auf einem der Briefumschläge (sie hob wiederverwendbare auf) steht als gedruckter Absender die Anschrift eines Hospizes. Sie hatte darin einen Schal geschickt, drei Jahre später ihre letzten Wochen in eben diesem Hospiz.

Pride

Am Abend legen wir unsere Sachen ab und sind müde, sehr müde. Die Gesichter glühen noch von der Sonne, die uns den Tag über begleitet hat, unsere Beine sind schwer, so schwer, aber wie treu haben sie uns getragen! Von den Fotos zeigt keines Ermattung. Leuchtet aber auch etwas belebender als die Regenbogenflagge? Wie selbstverständlich lief sie beim *Prague Pride* 2018 mit. Ein jugendlicher David Hockney aus Olmütz, der neben ihr ging, beglückwünschte die *Pride Virgin*, sie nahm's mit großmütterlichem Humor. Daß sie in den ersten Minuten eine Schülerin traf, wen wundert's; ein Jahr zuvor hatte im queeren *q-café* der Chef enthusiastisch seine einstige Deutschlehrerin begrüßt, sie fröhlich seine Umarmung erwidert. Sie blieb ganz sie selbst, sorgte in der Parade dafür, daß ein erschöpfter Rollstuhlfahrer ihr Sprudelfläschchen annahm. LGBTIQ, sie lernte die Buchstabensuppe zu buchstabieren, betonte jedoch ihre »Unlust, die Unmöglichkeit, mich zu definieren«. Vom Wenzelsplatz zum Létna-Park, wir zogen es durch, zwei der wenigen Alten, attraktiv für Selfies, zu denen unbekannte junge Leute uns in ihre Mitte baten. »Es ist bei weitem nicht das Hauptthema von mir, was oder wie ich bin.« Dennoch zeitweilig ihr Hadern. (»Warum bist Du mir passiert?«) Sie nahm Kontakt zur ökumenischen LGBTIQ-Gruppe *Logos* auf, schrieb ihrem Abgeordneten eine fein formulierte Karte mit der Bitte, der Ehe für alle zuzustimmen. *Jedna láska, jedno manželství / Eine Liebe, eine Ehe* hat Robert Vano seine Foto-Ausstellung von Paaren genannt, die wir abends im Hauptbahnhof noch anschauten, bevor wir in unser Quartier fuhren, um endlich die Beine hochlegen zu können.

Und alles war einst Hackelsdorf

Indian Summer im Riesengebirge, die *Fischerbaude* leuchtet, hundert Prozent böhmisch und jedes Jahr schöner. 2012 begannen die *Freunde von Herlíkovice* sie zu restaurieren. Es war Zeit, Hand anzulegen. Der Erinnerung ein Haus zu geben. »Unten in Herlíkovice hatten wir früher keine Ahnung, daß es auf der anderen Talseite oberhalb des Waldes noch Hořejší Herlíkovice/Oberhackelsdorf mit der Kirche gibt. Und daß das alles einst Hackelsdorf war.« Nach der Wende stieß Hana hartnäckig und empathisch (»wie hätten wir uns verhalten?«) mit Gleichgesinnten die Türen auf: Treffen mit Vertriebenen aus Hohenelbe und Leuten aus der Partnerstadt Baunatal, Schüleraustausch, Berlinfahrten. Hořejší Herlíkovice, klare Luft weht dort oben. Um klare Luft ging es doch. »Ich spreche nicht von der deutschen Schuld. Die ist nicht mein Problem. Auf mir liegt die Schuld meines Volkes.« Sommerliche Arbeits-Wochen mit deutschen und tschechischen Jugendlichen in der Baude und um sie herum, ökumenische Gottesdienste im nahen, renovierten Jugendstilkirchlein. Klare Luft auch anderswo: 2015 ein Gedenkstein am Veraweg bei Spindlermühle für die im Mai/Juni 1945 dort ermordeten Deutschen, 2017 in Vrchlabí eine Tafel am Geburtshaus von Victor Kugler, der Anne Frank und ihre Gruppe versteckt hat, ein *Gerechter unter den Völkern*. Zuletzt wählte sie ihre Grabstätte neben der von Gymnasiasten der Stadt, 1943 bei Berlin als Luftwaffenhelfer sinnlos geopfert. Und es geht weiter: Am Bahnhof von Vrchlabí hängt inzwischen eine Gedenktafel, an dem von Kalná Voda, einst Trübenwasser, soll ein kleines Museum für die entstehen, die 1945/46 dort in die Züge mußten. Kein Schweigen mehr, keine Angst vor Erinnerung. Damit wir selbst *das Leben haben und es in Fülle haben*.

Dem Regenbogen nach

»Kann es wirklich eine Wendezeit sein?« Ihre letzte Neujahrs-Mail. Und dann legte es tatsächlich los, das Leben. Bald würde eine Untersuchungsmaschinerie anlaufen, von der sie noch nichts ahnte. (Oder doch? Der »ganz leise, aber immer deutlicher schmerzende Druck im Unterleib«.) Draußen Schnee unter den bewährten Stiefeln. Der vertraute Spazierweg, ihre Fähigkeit, täglich neu hinzuschauen. Ein Regenbogen im Winter? Gut, daß der Fotoapparat dabei ist! Ein Gruß an die deutsche Freundin, die so gerne die Flagge von Gilbert Baker schwenkt. Und wohin soll das führen, »dem Regenbogen nach«? Die Geschichte mit dem Goldtöpfchen an seinem Ende hat ja ausgedient, er bleibt ein Luft-Spiel aus Feuer und Wasser für uns Erdenwesen. Aber Gottes Versprechen? Der Traum von einer Brücke, die gar nicht anders kann als verbinden? Wohin wird das führen?

Spiegel

Dort, wo es flach ist, mit Händen zu greifen, öffnet die Tiefe sich. Sie legt Wert auf eine gewisse Unschärfe, arbeitet auch mit Schatten. Doch die beiden Personen sind unbestreitbar. Vor oder hinter dem Spiegel? Über den Köpfen scheint reger Luftverkehr zu herrschen, ein Sportflieger, Efeuzweige mit Fernweh, ein korbloser Fesselballon, spektralfarben. Das Spiegeln ist so attraktiv, daß auch die Holzwand links mitspielen will. Ein Tisch deutet sich dadurch an, Tische sind wichtig. Zwei Frauen, fern oder nahe? Die Zeit der Spiegelgänge und Projektionen ist vorbei, sie stehen in der wirklichen Welt, und damit haben sie auch genug zu tun. Sie stehen nebeneinander, alles, was trennt, beeinträchtigt es nicht. Keine einfachen Tage (metallische Klammern im Bauch der einen). Rückendeckung gewährt ein Licht von hinten. Hat sich Skácels Kiesel in himmlisches Leuchten verwandelt? Vielleicht aber strahlt so auch die Zeit, unberührbar, da sie nicht existiert.

Segen

Alles steht bereit (die unvermeidliche Tischdecke aus Wachstuch!): zwei Gedecke, der Tee, Eier, Joghurt, Apfelschnitze, Müsli, Honig und Marmelade, das Brot. All die guten Sachen warten. Gleich wird Hana beide Hände über den Tisch reichen und halblaut zwei, drei Dankessätze improvisieren. Eine Geste ohne Pathos, auf die sie auch im Gasthaus oft nicht verzichtete. Wenigstens legte sie kurz die Hände um ihren Teller und senkte den Kopf, leicht zu übersehen. Ihre Frömmigkeit, ihre »Vertragsgebundenheit« als Getaufte, wie sie das nannte und daran das Alltägliche hervorhob, um uns säkularen Leuten die Unsicherheit zu nehmen. Ganz selten, und dann schien sie eher sich selbst Mut machen zu wollen, neigte sie zum emotionalen Bekenntnis, aufs Missionieren verzichtete sie. Wir, die wir mit ihr gegessen haben, begannen irgendwann, uns nach dem Segnen der Speisen zu sehnen. Kunst machen bedeute, ein W. H. Auden zugeschriebener Satz, *zu lernen, unser Brot mit unseren Toten zu teilen*. Nichts anderes heißt leben.

Es ging nicht um viel

Die Blumen in der Vase richten
Schönes Frühstück machen
Ganz langsam spazieren gehen
Abends am Tisch
über den Tod sprechen

Ganz gewöhnliche Dinge

Hana Juptnerová

Der Kumpel

Ganz ruhig sitzt »der Kumpel« jetzt da, Tier mit so eigenen Gedanken. »Kleiner weißer Terrorist«, der sich schwer festhalten läßt, wie alles Lebendige. Sie ziehen jetzt durch diese verletzliche Welt, wer weiß wie lange, zwei getrennte Wesen, die sich gefunden haben, die hinausgehen wollen, vorbei an den Vorgärten, Richtung Schwarzenberg, zum Teich, wo sie oft mit den Enkeln war. Laufen und atmen, Körper und Seele fühlen sich an wie verbündet. Später dann auf der Bank vor dem Haus, nichts tut weh, eine Frau mit ihren Gedanken hält ein Hündchen im Arm, der Fotograf (eben hat er das letzte Interview mit ihr gemacht) bekommt das wärmste Lächeln. So muß es gewesen sein.

Verschwendung

Ich werde meine Tage nicht damit verschwenden, sie zu verlängern, die Worte des tollkühnen Jack London sprachen ihr aus dem Herzen. Sie sah sich in der *Gemeinschaft der Erschütterten* (ein Wort des Sohnes, der seine eigenen Erfahrungen hat), versuchte die Neigung, sich zu überfordern, im Zaum zu halten, eher vergeblich. Nach der Operation keine Chemo, die ein *high-grade*-Sarkom sowieso nicht einschüchtern kann, »sich nicht totkämpfen«, dafür als Geschenk vier Monate Sonne. Sie holte das Hündchen. War für ihre lieben Leute da. Sie sprach auf der Juni-Kundgebung von *Millionen Augenblicke für die Demokratie*. Gelegentlich scherzte sie über die sieben Leben der Katzen, immer wieder ihre Fassungslosigkeit: »Das ganze Leben, die ganze Bildung und Lektüre, Erlebtes, das alles hat noch nicht gereicht, daß ich auf das Ende vorbereitet bin. Ich muß eine Liste machen.« Die Notizzettelchen. Stückwerk, ja doch, sie nickte, aber den Dachboden hätte sie schon gerne noch aufgeräumt! Der August machte ernst, das letzte Wochenende in der Wohnung kam plötzlich, keine Zeit für Verblüffung, dies Luxusgefühl, wo ab jetzt alle Kräfte gefordert waren.

Im Paradies

Keine trennenden Kilometer mehr. Das Paradies liegt in einem Bauernhaus in Lysá nad Labem. Von dort soll es morgen nach Prag zur Untersuchung gehen. August, der Herbst ist nah. *Schön die scheune nach längst vergangenen ernten.* Spätnachmittägliches Leuchten, das Paradies fährt mit allem auf, was es hat. »Wie Flitterwochen oder im Paradies«, sie lachte. Tagsdrauf die endgültige Diagnose, keine Überraschung. Wer hält wen? Sind wir gehalten? Die Hagebutten sind reif, Farbe von Korallen.

Leg dich her

Sie nahm uns nicht übel, daß wir gesund waren. Sie wollte uns nahe bleiben, obgleich die Krankheit sie von uns trennte. Alles konnte gesagt werden. (Und doch, was behielt sie für sich, worüber schwiegen wir?) Längst war das Kranksein zur Vollbeschäftigung geworden; immer weniger Pausen im Dauerstreß. Bücher lehnte sie ab, auch Musik, »ich will mich nicht ablenken lassen«, in die Klinik kam nur die Bibel mit. (Ob sie Ruhe zum Lesen gefunden hat, das Buch weiterhin zu ihr sprach? Ein nachgetragener Wunsch.) Denen, die sie besuchten, schenkte sie gute Worte. Die Zeitrechnung hatte sich geändert, war kleinräumig geworden. »Jetzt ist jetzt«, eine ihrer Beschwörungsformeln, dazu: »die schmerzfreie Zeit nutzen«. Sie schlug die Bettdecke auf, »komm, leg dich her«. Auch die Enkelin und der kleine weiße Hund fühlten sich wohl neben ihr. Minuten, in denen wir im öden Zimmer der Onkologie vorsichtig tanzten. Sie ließ uns bei sich sein, so lange es für sie möglich war. Zuletzt ihre Einladung ans Hospizbett, um Abschied zu nehmen, eine magische Stunde, bevor sie uns, entspannt wie seit Wochen nicht, wegschickte.

Leibhaftig

Seltsam entrückt, dieses schattige Bild, sehr fern für die Betrachterin, die mit aus dem Fenster schaute. Hochsommer in Jičín, hinten im Klinikpark das flache, kleine Gebäude der Onkologie, ein schäbiger, ihr vorletzter Lebens-Ort. Der Besucherin half die Gewohnheit; nach einigen Tagen betrat ich das Haus als ungeliebten, aber vertrauten Ort. Die Schwestern empfingen die Gäste freundlich, eine Deutsche, mit der sich so schwer sprechen ließ, die Familie mit Kindern und Kinderwagen und vielerlei Mitbringseln. Idyll auf der Krebsstation? Wahrlich nicht; im *Böhmischen Paradies* ging es nicht paradiesisch zu. Doch das Foto hat sich ein Jahr danach, zu Zeiten von *Covid-19*, verändert. Da stehen zwei Schulter an Schulter, nahe beisammen, an einem Flurfenster, winken denen nach, die wieder heimfahren. Ja, wir lachten, obgleich die Kranke längst in ihren *hard times* angekommen war. Doch im Klinikzimmer saßen wir bei ihr am Bett, Hand durfte in Hand liegen, Haut an Haut sein. Inmitten der Bilder während der Schreibzeit (Ärzte und Schwestern in Schutzanzügen, Besuchsverbotsschilder) hat das Schattenbild zu leuchten begonnen.

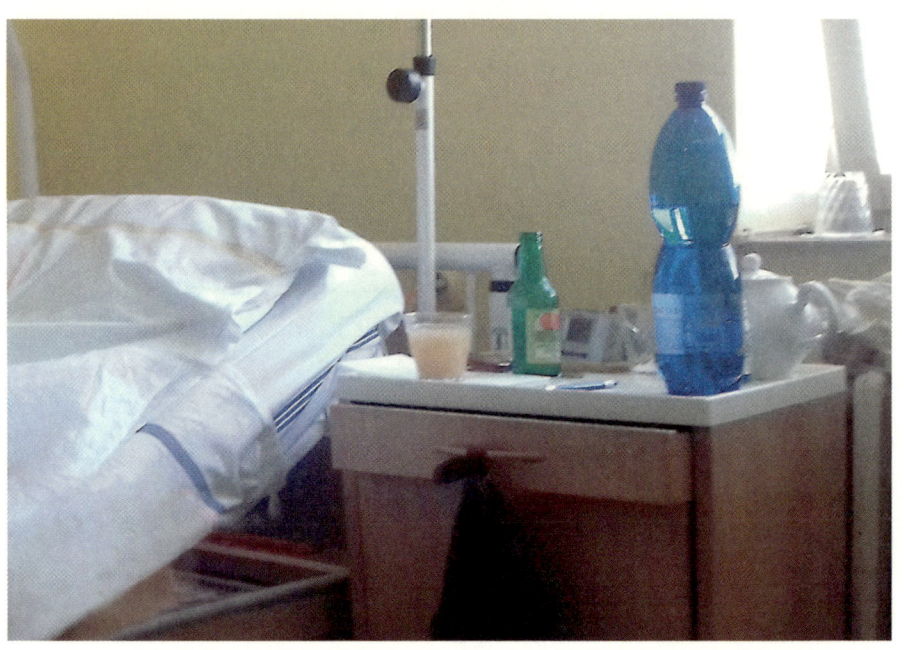

Aus dem Nachlaß

Auf dem Krankenhausnachttisch Handy, Wecker, Wasserglas, zeitweilig Sprudelflasche oder Teekanne, Tasse, die Spuckbeutel. In der Schublade die Geldbörse (darin ihr letztes Zugticket: Rückfahrt von Exerzitien), Trinkhalme, Stofftaschentücher, die Bibel. Täglich brauchte sie weniger von den Alltagsdingen; sie erinnerten nur noch an etwas. Ganz nach hinten gerutscht in der Schublade fand sich nach ihrem Tod ein Zettelchen, ein abgeschriebenes Gedicht aus dem Nachlaß von Mascha Kaléko:

Einer ist da, der mich denkt.
Der mich atmet. Der mich lenkt.
Der mich schafft und meine Welt.
Der mich trägt und der mich hält.
Wer ist dieser Irgendwer?
Ist er ich? Und ich bin Er?

Fast wäre das Papier weggeworfen worden. So weit nach hinten gerutscht.

Korallen

Ich schenke dir Korallen, Satz aus Oldřich Mikulášeks Gedicht auf dem ins erste Weihnachtspäckchen gelegten Zettel. *Já ti dám korále.* Einige Monate später auf dem Prager Hauptbahnhof als Gegengabe ein korallenfarbener Stein an einer Lederschnur. Wann war das noch gleich, diese Zeit der Geschenke? Schon vor so langem? Schau, das Grab, eines von vielen, schweigend wie alle. Sieh, den *dünnen Faden von Erinnerungen*, diese Kette, dort, am Grabkreuz, sieh doch, noch hat niemand sie weggenommen.

Anhang

Anmerkungen

In Anführungszeichen gesetzte Passagen sind ausschließlich Äußerungen von Hana Jüptnerová. Dabei stammen nur mit Datum versehene Zitate aus ihren Mails an die Autorin, postalische Sendungen werden eigens benannt, ebenso die Herkunft aus Print- und Online-Medien, fehlt eine Quellenangabe, handelt es sich um mündliche Aussagen. Durch Kursivschreibung werden Zitate anderer Herkunft, Eigennamen und Hervorhebungen gekennzeichnet. Fotos und Texte von Hana Jüptnerová sind mit H. J. versehen.

Wo kein anderer Name angegeben ist, sind die Übersetzungen tschechischer Originaltexte von T. St.

Motti

Was in der Erinnerung ...: Walter Helmut Fritz: *Was in der Erinnerung*, in: ders.: *Offene Augen*, Hamburg 2007.

all ihre wunden möchtest du verbinden: Jan Skácel in dem titellosen Vierzeiler [die häuser am holunder tun dir leid], in: ders.: *wundklee*, Frankfurt a. Main 1989; Übersetzung: Reiner Kunze.

Einzelne Menschen schreiben ...: Lars Brandt, in: H. C. Artmann: *Ein Gespräch*, Salzburg/Wien, 2001.

Mädelchen

»Eine Stadt mit verschwiegener Vergangenheit«: Ansprache zur Beerdigung von Pavel Wonka, 6. 5. 1988, zitiert nach: Jürgen Serke: »Der Tod von Pavel Wonka und die Suche nach den Schuldigen«, in: *Die Welt* (13. 3. 1990).

»Wie wieder anfangen zu leben?«: im Gespräch mit Miša Čanková für die Website von *Paměť Národa* (›Nationales Gedächtnis‹), 2. 2. 2018.

Das »Größere«: 1. 4. 2018.

Foto: unbekannt (*Paměť Národa*).

Verwirrung

»echten Affektmenschen« und »wenn ein Haushaltsgerät ...«: 9. 11. 2015.

Foto: unbekannt.

Ich in Černovice
»*In meiner Jugend* ...«: 21. 1. 2016.
Foto: Luboš Polák.

Wohin läufst du?
Foto: unbekannt.

Gebunden
»Ohne einen Anker ...«: 1. 4. 2018.
Was schenkst du mir? Und: *ich habe nichts*: Oldřich Mikulášek in dem
   Gedicht *Nevinnosti* (sinngemäß: ›Unschuldige Dinge‹), in: ders.:
   Šokovaná růze, Prag 1969; Übersetzung der ersten Strophe: H. J.
Foto: unbekannt.

Geschichten
Foto: unbekannt.

Hoffnung
Hoffnung kleiner Kiesel: Jan Skácels Strophe erscheint später in einer
   Variante [*naděje malý kamínek*] in einem Zyklus titelloser Vierzeiler,
   in: ders.: *Kdo pije potmě víno*, Brünn 1988; Übersetzung: Ingeborg
   Arlt.
Foto: Horst Alexy.

Laut sprechen
Pavel Wonka aus Vrchlabí war der letzte politische Gefangene der ČSSR.
   Er überlebte das Gefängnis nicht, starb dort im April 1988.
»*Du warst nicht nur Tscheche* ...«: Ansprache zur Beerdigung von Pavel
   Wonka, s. o. **Mädelchen**. Bearbeitung der Übersetzung an einzelnen
   Stellen durch Jonáš Hájek.
»Die Rede habe ich ...« und »Ich bemühte mich laut zu sprechen«:
   24. 5. 2016.
Foto: unbekannt (*Post Bellum/Paměť Národa*).

Heimlich
Foto: unbekannt (*Paměť Národa*).

Die Wahl haben
»als öffne ein Fenster sich«: im Gespräch mit Miša Čanková, s. o. **Mädelchen**.
»Es ging um meine …«: in: *REFLEX* 1 (1997).
»Ich wollte mich …«: Interview vom 22. 11. 2008, vgl. Jana Millerová: *Obyčejná žena. Neobyčejné časy*, Ústí nad Lábem 2008/09.
»Immer mußte ich um 7.04 …«: 2. 5. 2016.
»wie nach einem reinigenden Bad«: Gespräch mit Miša Čanková, s. o. **Mädelchen**.
»Auch ein ganz normaler Mensch …«: auf der Website *iDNES.cz/Zprávy*, 24. 1. 2009.
Foto: unbekannt (im Vordergrund Jürgen Serkes Artikel über Pavel Wonka in der *Welt*).

Festtag
Václav Havel hielt am 27.1. 1990 auf dem Marktplatz von Trutnov/Trautenau eine Ansprache. H. J. gehörte zum Empfangskomitée auf dem Rathaus.
»Es gab nur Freude«: in: *Mladá fronta DNES* (22. 11. 2014).
Wahrheit und Liebe müssen Lügen und Haß überwinden: eines der Lebensmotti von Václav Havel.
Foto: unbekannt (*Paměť Národa*).

Abenteuer
»Das große Abenteuer …«: in: *Mladá fronta DNES* (22. 11. 2014).
»für die Erziehung im sozialistischen Sinne …«: ebd.
»Ich habe es Gott überlassen …«: Gespräch mit Miša Čanková, s. o. **Mädelchen**.
»Waghalsig«: 31. 3. 2016 und 19. 4. 2016.
»Wir haben es überlebt …«: in: *Mladá fronta DNES* (22. 11. 2014).
Foto: unbekannt.

Städtchen
eine Frau, die inspirierte: Jakub Kašpar, Nachruf auf H. J. Website *Deník Referendum*, 16. 10. 2019.
in der Wahrheit zu leben: vgl. Václav Havels Essay *Versuch, in der Wahrheit leben / Moc Bezmocných* (1978).
»Niemals. Eine Auswanderung …«: Gespräch mit Hynek Šnajdar, Website *Trutnovinky*, 18. 11. 2015.
Foto: Hynek Šnajdar.

Küchenchefin
»Wir leben nicht für uns allein«: Dankesrede zum Preis *Cena-příběhu-bezpráví* (sinngemäß: ›Preis für zu Unrecht Verfolgte‹) am 1. 11. 2017.
Foto: unbekannt.

Kde domov můj?
Wo ist meine Heimat?: Nationalhymne der Tschechischen Republik.
Im »leeren Sudetenland«: Gespräch mit Míša Čaňková, s. o. **Mädelchen**.
»Den Pelzkragen mit dem Fuchsmaul …«: Entwurf zu *Wege zur Versöhnung und Vergebung in den tschechisch-deutschen Beziehungen. Ein persönlicher Blick*, verkürzt erschienen in: *Evangelische Nachrichten aus Tschechien*, 26. 3. 2018.
richtiges Leben im Falschen: vgl. Theodor W. Adorno: *Minima Moralia* 18 (1951).
»daß dort vorne im Haus …«: Gespräch mit Kilian Kirchgeßner, in: *ZEIT online*, »Sudetendeutsche: Das Vermächtnis« (7. 12. 2018).
»Für mich schließt *sich der Kreis* …«: ebd.
Foto: Miroslav Doubek.

Königin
»Ich in Berlin in einem Workshop«: Betitelung des Fotos.
»Ich bin es nicht gewöhnt …«: 23. 11. 2015.
Abenteuerin der Hingebung: in Anlehnung an eine Formulierung von Louise Hartung, Februar 1954, in: Astrid Lindgren / Louise Hartung: *Ich habe auch gelebt. Briefe einer Freundschaft*, Berlin 2016.
»Man kann nicht lieben und dabei …«: 19. 12. 2015.
Foto: unbekannt.

Fenster
Foto: H. J.

Kleines Gartenstück
»wenn alles schon benannt ist«: aus einem titellosen Gedicht, 28. 3. 2017.
Foto: H. J.

In offizieller Mission
Vertreibung in ein Paradies: Josef Mühlberger: *Leben an Grenzen*, in: *Welt und Wort, Literarische Monatsschrift* 1 (1948).
Foto: Bernhard Blank.

Übersetzen
Foto: unbekannt.

New York
Foto: unbekannt.

Blicke
eine konstante Größe: so Harald Renner in einem Gespräch.
Foto: H. J.

In die Hagebutten
»Ich fahre in die Hagebutten«: Betitelung des Fotos von H. J.
»Ich gehe nicht allein …«: 5. 11. 2018.
Foto: H. J.

Einladung
Reiner Kunze: *Einladung zu einer Tasse Jasmintee*, in: ders.: *Sensible Wege*, Reinbek b. Hamburg 1969.
»Ich kannte fast alle …«: 21. 10. 2016.
Jan Skácels Band *Smuténka* erschien 1965 in der ČSSR.
Foto: Hynek Šnajdar.

Erster Advent
Foto: H. J.

Was schenkst du mir?
Aus: Oldřich Mikulášek: *Nevinnosti*, s. o. **Gebunden**.
 Übersetzung H. J., T. St.
Foto: Horst Alexy.

Ode an den Schlaf
»Wärme und ruhigen Schlaf …«: Postkarte, Dezember 2015.
»Schnell ins Bett …«: 29. 2. 2016.
»*Spi dobře!*«: 26. 6. 2018.
»Genieße den Schlaf!«: 23. 4. 2016.
»immer weniger …«: 1. 4. 2018.
Wir sehen jetzt durch einen Spiegel …: 1. Korinther, 13:12.
Foto: Horst Alexy (Postkartenmotiv: Daniel J. Cox).

Wildwasser
»Die Elbe rauschte mir …«: Brief, 22. 10. 2015.
»wie ich immer wieder ins Wasser …«: 19. 4. 2016.
Foto: H. J.

Kredenc
»Bücher, die zu lesen wären«: 21. 1. 2016.
Schriftsteller vermischen in ihren Büchern…: Siri Hustvedt, in: *Was ich liebte*, Reinbek b. Hamburg 2003.
»Ich bin kein Literaturmensch …«: 19. 1. 2016.
»einen Leseehrgeiz …«: 19. 1. 2016.
Foto: Jan Jüptner.

Licht
»*Es gibt einen Durst* …«: 4. 5. 2015.
»Im Wald bei *Herlíkovice* …«: Brief, 22. 11. 2015.
so leer, so leer …: Refrain des gleichnamigen Chansons von Yvonne Přenosilová *tak prázdná, tak prázdna, tak prázdná* (1969).
»Wir müssen nicht auf uns selbst bauen.«: 1. 4. 2018.
»Um das Entzünden …«: 8. 2. 2016.
»Ein Größeres«: s. o., **Mädelchen**.
»Man kennt mich schon …«: 10. 4. 2016.
Siehe, das Reich Gottes ist mitten unter Euch: Lukas 17, 21.
Foto: H. J.

Trau dich
Zeichnung: Peter Bauer, Archiv für Diakonie und Entwicklung,
    Berlin.
»Ich habe damals ...«: *Mladá Fronta DNES* (22. 11. 2014).
»Ich war doch nicht im Gefängnis ...«: Dankesrede zum
    Preis *Cena-příběhu-bezpráví*, s. o., **Küchenchefin.**
Foto: Horst Alexy.

Bank
»Ich hab Dich doch gefunden ...«: Brief, 2. 12. 2015.
Foto: H. J.

Zuhören
Alle Zitate: 7. 6. 2016.
Foto: unbekannt.

Beieinander
»Und ich in dem ...«: 10. 7. 2016.
»Jede Mutter hat Angst ...«: Ansprache zur Hochzeit, 25. 6. 2016.
»Die Taufe ist ein Vertrag«: 27. 8. 2016.
Wir leben in einer Zeit, ... und: Seien wir wahrhaftig ...:
    Emanuel Vejnar sen., Predigt zur Hochzeit, 25. 6. 2016.
Foto: Emanuel Vejnar jun.

Gras
»Gottes Arme ...«: aus dem Gedicht *Ein Gruß von unterwegs*, 18. 6. 17.
Foto: H. J.

Nichts Schönres
Nichts Schönres unter der Sonne ...: aus Ingeborg Bachmanns Gedicht *An
    die Sonne*, in: dies.: *Anrufung des Großen Bären*, München 1956.
Foto: unbekannt.

Leben an Grenzen
Titel eines Essays von Josef Mühlberger in *Wort und Welt* 1 (1948).
das Gemeinsame hinter dem Trennenden: aus: *Leben an Grenzen*, ebd.
Foto: Peter Ritz.

Auf Besuch
»Ein Zuhause …«: 17. 4. 2016.
Foto: H. J.

Zusammenklang
»Meine Eltern …«: 22. 11. 2015.
»Immer happy …«: 4. 5. 2016.
Foto: unbekannt.

Kalt
Foto: H. J.

Bis in die Fingerspitzen
Die Liebe höret nimmer …: 1. Korinther, 13 : 8.
»daß ich auch einen Körper habe …«: 16. 5. 2016.
»lieben und dabei geschützt zu sein …«: s. o., **Königin**.
»Ebbe und Flut«: 23. 12. 2015.
»irgendwo hinter dem Sonnenuntergang«: Aus einem titellosen Gedicht (2017).
»Mit jemandem ein Gespräch führen …«: Brief, 4. 11. 2015.
Du bist wie eine lange Brücke / Jsi jako dlouhý most: Chanson von Eva Olmerová (1962).
»Was jetzt so beschwerlich …«: 24. 12. 2015.
Nach dem Tod werden wir …: Konstantin Biebl im Gedicht *Die Liebenden/Milenci*, in: ders.: *Věrný hlas*, Prag 1924; Übersetzung: H. J. Biebls Suizid war 1951.
Foto: Horst Alexy.

Begegnung
»Eigentlich habe ich Sehnsucht …«: 28. 6. 2017.
Was du am innigsten …: Josef Mühlberger im Gedicht *Einem Zeichnenden*, entstanden zwischen 1964 und 1970, in: ders.: *Gedichte aus dem Nachlaß*, Eislingen o. T. [1990].
Foto: H. J.

Ein Gruß vom Regen
Gedicht von H. J., 18. 3. 2017.
Foto: Horst Alexy.

Das Hemd
Das Hemd des Zufriedenen: vgl. das Volksmärchen.
Alle anderen Zitate sind von H. J. notierte Aussagen von Karel Satoria:
 6./7. 8. 2017.
Foto: H. J.

Leuchten
Schaukeln wir lieber …: Zbigniew Herbert: *Inschrift*, in: *Lektion der Stille.
 Neue polnische Lyrik*, ausgewählt und übertragen von Karl Dedecius,
 München 1959. Das Original *Napis* erschien 1956.
Foto: H. J.

Himmel vom Krankenbett aus
Herr, lehre uns …: Psalm 90, Vers 12.
des »üblichen Gefühls …«: 28. 9. 2017.
Überhaupt hat der Tod …: Gottfried Benn im Gedicht *Restaurant* (1951).
»Es kann sein …«: 30. 9. 2017.
»Auch wenn es jetzt nichts mehr gäbe …«: 24. 4. 2017.
Foto: H. J.

Süßer Besuch
Foto: H. J.

Bänkchen
Schöpfer der Bänkchens war der Architekt und Designer Bořek Šípek.
die Welt der Beziehung: Martin Buber im Essay *Ich und Du* (1923).
Foto: unbekannt.

Gute Reise
»Der Zug von Prag …«: 28. 2. 2016.
»Ermäßigung für Senioren …«: 3. 6. 2017.
Foto: H. J.

Preis
Der Preis *Cena-příběhu-bezpráví* (›Preis für Geschichten des Unrechts‹)
    wird von einer Studentenjury an Menschen vergeben, die sich aktiv
    gegen das kommunistische Regime ausgesprochen haben. *Člověk
    v tísni / Mensch in Not* ist eine NGO, die sich für humanitäre und
    Entwicklungs-Hilfe sowie für die Verteidigung der Menschenrechte
    engagiert.
»Das Foto ist nicht ganz schlecht ...«: 22. 11. 2017.
»Ich habe selbstverständlich das Gefühl ...«: Dankesrede zum Preis,
    1. 11. 2017; Übersetzung: H. J.
»keine Kämpferin«: in: *REFLEX* 1 (1997).
Es lohnt sich ...: Václav Havel, Rede zum Friedenspreis des Deutschen
    Buchhandels (1989).
»Schweigezeiten«: 1. 4. 2018.
»Alles Unnütze weglassen«: 12. 1. 2016.
»In jedem Augenblick sind wir ...«: Dankesrede, s. o.
Foto: unbekannt.

Ich muß mitmachen
Foto: Roman Joška.

Die Hefte
»Wir müssen uns verabschieden, ...«: Heft für Anna Ferová, August 2019.
»Ich schaue nicht gerne ...«: 1. 4. 2018.
»ohne Hinterland ...«: 1. 4. 2018.
»Sie lagen im Tresor ...«: 3. 4. 2018.
Gelobt seist du ...: aus Paul Celans Gedicht *Psalm*, in: ders.:
    Die Niemandsrose, Frankfurt 1963.
Foto: H. J.

Post
der sich keine Worte wünscht: So zitierte H. J. Karel Šebek, 9. 1. 16.
»auf hauchdünnen Durchschlagpapieren ...«: 23. 12. 2015.
»Suche nach einem modus vivendi ...«: Brief (undatiert), November 2015.
»Anfangs waren mir die Mails zu schnell ...«: 26. 10. 2015.
»Punkt in der Ferne«: 18. 6. 2016.
Foto: Horst Alexy.

Pride
»Unlust, die Unmöglichkeit …«: 3. 11. 2018.
»Es ist bei weitem nicht … «: 7. 5. 2016.
»Warum bist Du mir passiert?«: 16. 7. 2016.
Foto: Denisa Kučerová.

Und alles war einst Hackelsdorf
Alle Zitate von H. J. aus: Entwurf zu *Wege zur Versöhnung und Vergebung in den tschechisch- deutschen Beziehungen*, s. o., **Kde domov můj?**
Damit wir selbst »das Leben haben …«: H. J. zitiert darin auch Johannes 10, 1–10.
Foto: H. J.

Dem Regenbogen nach
Bildtitel von H. J.
»Kann es wirklich …«: 1. 1. 2019.
»ganz leise, aber immer deutlicher…«: 5. 1. 2019.
Foto: H. J.

Spiegel
Foto: H. J.

Segen
»Vertragsgebundenheit«: 27. 8. 2016.
Foto: H. J.

Es ging nicht um viel
Gedicht von H. J., das auf ein Gedicht Jan Skácels anspielt.
Foto: H. J.

Der Kumpel
Bildtitel von H. J.
Foto: Mojmír Zemánek.

Verschwendung
Gemeinschaft der Erschütterten: ein Begriff von Jan Jüptner, H. J.s Sohn,
    zitiert 20. 2. 2019.
»sich nicht totkämpfen …« und »Das ganze Leben, die ganze
    Bildung …«: 19. 2. 2019.
Millionen Augenblicke für die Demokratie ist eine Bewegung für die
    Erhaltung der Demokratie in Tschechien. Kundgebung in Vrchlabí:
    11. 6. 2019. (Am 23. 6. 2019 demonstrierten in Prag mehr als
    250.000 Menschen, die größte politische Demonstration seit der
    Samtenen Revolution.)
Foto: unbekannt.

Im Paradies
schön die Scheune …: aus: Jan Skácel: *wundklee*, s. o., **Motti**.
Foto: Věra Ferová.

Leg dich her
Foto: Věra Ferová.

Leibhaftig
Foto: Věra Ferová.

Aus dem Nachlaß
Einer ist da …: aus Mascha Kaléko: *Irgendwer*, in: dies.: *In meinen
    Träumen läutet es Sturm*, München 2012.
Foto: Věra Ferová.

Korallen
Zitate aus Oldřich Mikulášek: *Nevinnosti*, s. o., **Was schenkst du mir?**
Foto: Petr Jüptner.

Der Verlag hat sich bemüht, sämtliche Rechteinhaber ausfindig zu machen. Sollte das im Einzelfall nicht geglückt sein, ist der Alfred Kröner Verlag selbstverständlich bereit, bei begründetem Anspruch deren Abdruck im üblichen Rahmen zu entgelten.

Dank

Dieses Buch wäre nicht ohne vielerlei Unterstützung zustande gekommen. Ich danke also von ganzem Herzen: Jan Jüptner und Marie Jüptner Medková (Velim) für Auskünfte und Reaktionen auf einzelne Entwürfe, Gerhard Jüptner (Chvaleč), Petr Jüptner (Vrchlabí) und Věra Ferová (Lysá nad Labem) fürs Kontakthalten aus der Ferne. Jarmila Polák hat für das Buch über Vergangenheiten nachgedacht und Dagmar Čivrná (Vrchlabí) sogar Treppenstufen gezählt! Für literaturwissenschaftliche Beratung und zuverlässige Freundschaft danke ich Zdeněk Mareček (Brno), der aufs Sorgfältigste und zugleich prompt meine Fragen zu Übersetzungen, Editionen tschechischer Autorinnen und Autoren u. a. beantwortete. Bei Übersetzungsfragen beriet mich immer wieder auch Christa Rothmeier (Klosterneuburg), Dagmar Preusker (Eislingen) hat sich als Wortspezialistin für tschechische Torten betätigt, Ingeborg Arlt mir ein Jan-Skácel-Gedicht erhellt. Elke Mehnert (Aue) und Václav Smyčka (Velim) nahmen die Mühe begutachtenden Lesens auf sich, Gerd Kolter schenkte, so gut es ging, dem Manuskript seine Zeit, ebenso lasen Birgit Heiderich (Freiburg) und Thomas Weiß (Baden-Baden). Markus Meckel (Berlin) und Jürgen Serke (Hamburg) steuerten hilfreiche Worte bei. Schon in ersten Gesprächen ermöglichte mir Jonáš Hájek (Kolín) als sein zukünftiger Übersetzer manch neuen Blick auf das Buch. Und wie immer begleitete mich Peter Ritz (Eislingen) ausdauernd. (Nach Arbeitstagen alleine in der Wohnung zurück ins Hotel Ritz kommen, wo Gespräche und ein köstliches Essen warten!) Wieder durfte ich intensiv mit Horst Alexy (Birenbach) bei der Buchgestaltung zusammenarbeiten, das ist ein Geschenk, für das ich gar nicht genug danken kann! Frühe gestalterische Impulse hat auch Horst Schmid (Mössingen) gegeben. Bei allen, die das Buch-Projekt finanziell unterstützt haben, bedanke ich mich, auch für die Ermutigung, die das für mich bedeutete. Daß Hubert Klöpfer (Tübingen) dies Buch in die neue ›KrönerEditionKlöpfer‹ im Kröner Verlag aufgenommen hat, macht mich sehr glücklich.

Autorin und Verlag danken herzlich allen Fotografen und Fotografinnen für die Abdruckerlaubnis ihrer Werke.

Inhalt

Über dieses Buch 9
Mädelchen 11
Verwirrung 13
Ich in Černovice 15
Wohin läufst du? 17
Gebunden 19
Geschichten 21
Hoffnung 23
Laut sprechen 24
Heimlich 27
Die Wahl haben 28
Festtag 31
Abenteuer 33
Städtchen 35
Küchenchefin 37
Kde domov můj? 38
Königin 41
Fenster 43
Kleines Gartenstück 45
In offizieller Mission 47
Übersetzen 49
New York 51
Blicke 52
In die Hagebutten 55
Einladung 57
Erster Advent 59
Was schenkst du mir? 61
Ode an den Schlaf 63
Wildwasser 65
Kredenc 67
Licht 68
Trau dich! 71
Bank 73
Zuhören 75

Beieinander	77
Gras	79
Nichts Schönres	81
Leben an Grenzen	83
Auf Besuch	85
Zusammenklang	87
Kalt	89
Bis in die Fingerspitzen	91
Begegnung	93
Not here	95
Ein Gruß vom Regen	97
Das Hemd	99
Leuchten	101
Himmel vom Krankenbett aus	103
Süßer Besuch	105
Bänkchen	107
Gute Reise!	109
Preis	111
Ich muß mitmachen	113
Die Hefte	115
Post	117
Pride	119
Und alles war einst Hackelsdorf	121
Dem Regenbogen nach	123
Spiegel	125
Segen	127
Es ging nicht um viel	129
Der Kumpel	131
Verschwendung	133
Im Paradies	135
Leg dich her	137
Leibhaftig	139
Aus dem Nachlaß	141
Korallen	143
Anmerkungen	145
Dank	157